kremayr
scheriau

Iris Blauensteiner

ATEMHAUT

Roman

Mit einem Soundtrack
von Rojin Sharafi

Kremayr & Scheriau

Du bewohnst den Körper eines Helden. Du siehst deine Heldenhände vor dir. Du hörst deinen Körper beim Laufen keuchen und beim Springen stöhnen. Wenn du erschrickst, schreist du manchmal auf. Dein Atem ist stabil, keine Unregelmäßigkeiten. Du befolgst die Regeln. Und du lernst, wie du gewinnst. Du setzt Handlungen, entscheidest, du bereust nichts. Nach einem Erfolg seufzt du. Du trainierst, ahnst immer deutlicher die Geheimnisse, die Schwellen zum nächsten Level, die Fehler, Fallen und Hinterhalte. Die Zonen, in denen Funktionen ausfallen werden, witterst du. Du erkennst die Waffen, die einwandfrei losfeuern werden, und hältst dich nicht mit denen auf, die im entscheidenden Moment blockieren. Du leistest, so viel du kannst, kämpfst für dein Leben. Du verteidigst deinen Platz, funktionierst in der Ordnung. Beweise genug dafür, dass es dich, diesen Helden, gibt.

Atemhaut
Track A

I

Du stolzierst im Neonlicht. Mit weitem Blick nimmst du die Wege, die Hindernisse, die enormen und die geringsten Bewegungen wahr. Es scheint dir, als stöben deine Knochen auseinander wie in einem luftleeren Raum, kein Druck hält deinen Körper zusammen. Die Wangen locker, der Kiefer fällt, dein Mund klappt beinahe auf. Die Schultern liegen am Brustkorb. Du fühlst die Oberschenkelmuskelfasern, trittst in sicheren Schritten auf breiten Sohlen.

Die Fäuste lösen sich und in den Fingern sammelt sich die Kraft. So gehst du zwischen den Greifarmen und Laufbändern, den Wägen und Gabelstaplern, den Kollegen und Kolleginnen an den Geräten und den Waren hindurch, die sich zu den perfekten Uhrzeiten an den vorgesehenen Stellen im System befinden. Du bist überzeugt, dass dich jeder sieht, dass du auffällst. An deiner pfeilgeraden Wirbelsäule ist der kräftige Rest montiert, sie ist ein Gerüst für das perfekte Modell. Du fühlst ein Kraftfeld um dich, das wie ein Magnet Partikel anzieht und aufnimmt. Du dehnst dich aus. Du bist eine Sonne, die es schafft, aus voller Kraft zu strahlen. Ausatmen und vertrauen, dass der nächste Atemzug kommen wird, von selbst. Das ist dein Raum. Der Raum ist Teil von dir. Das ist dein Körper. Dein Körper gehört zur Maschine. Du empfindest deine Struktur darin deutlich. Die Maschine arbeitet, Tag für Tag. Und dennoch, was ist das? Du fühlst einen zusätzlichen Herzschlag, aus dem Takt.

Listen schieben dich durchs Leben, Zahlen laufen aus der stotternden Druckermaschine, Bestellscheine fahren entlang ihrer Perforierungen durch die Räder, Tabellen, schwarze Schrift. Die Scannercodes zeigen, was geholt, was eingelagert, was nachbestellt werden muss, welche Plätze voll, welche Plätze frei sind. Das System des Warenlagers leistet viel, es läuft sieben Tage die Woche vierundzwanzig Stunden, es dirigiert die Lagerarbeiter. Doch seine Einzelteile setzen ständig unerwartet aus und müssen repariert werden. Eine kurze Störung und der gesamte Ablauf ist außer Kontrolle, aber ihr Arbeiter habt Ideen, wie dennoch der Betrieb in der Halle aufrecht bleibt, und am Ende fallen die Pakete immer reihenweise in die Container.

Vorsortiert wird noch in der Nachtschicht, damit die Leute der Tagschicht, wenn sie kommen, gleich wieder die Bänder befüllen können. Ihr entfernt Sperrgut aus den Rollcontainern, wuchtet sie durch die Hallen. Im Lärm macht ihr euch so verständlich wie möglich: »Tür zu!«, »Tür auf!«, »Zum Chef!«, »Paketrutsche, Stau!«.

Ihr versammelt euch um ein Fließband, werdet neu eingeteilt, denn das Laufband X2000 ersetzt die Arbeiter in Halle drei.

Ihr zählt die Sekunden und verliert die Tage. Das rote Licht des Scanners trifft den Barcode. *Piep*. Artikel eingelagert. *Piep*. Fehler. Nicht eingelagert. *Piep*. Wenn du auf die Displays schaust, wirken die Prozesse glatt.

Das Regalsystem ist das Zentrum des Lagers, zu erreichen über vier Ebenen, verbunden durch Aufzüge und Treppen bietet es Zugang zu zwei Millionen Artikeln. Das Gerät zeigt, welche Gänge du ansteuern, welcher Regalnummer du folgen musst, auf welchem Brett und an welcher Position die gesuchte Ware zu finden ist. Auf dem Weg weichst du den Stapelwagen aus, die die Artikel einlagern. Gang C105, H457, N56, fünfzehn Kilometer pro Schicht. Packlisten, Transportarten, Waren, Menge, Masse, Wert. Im Frühjahr: Bäume. Im Sommer: Gartenmöbel. Im Herbst: Autoreifen. Zu Weihnachten fahren Fluten von kleinen Paketen und Retouren von euren Händen aufs Förderband gelegt durch die Hallen. Die Barcodes leiten die befüllten Kisten auf dem Band automatisch weiter zur Verpackungsabteilung. In einem Labyrinth aus Wegen, geordnet nach Zustellgebieten, Zustellarten und Zustellern, gelangen die fertigen Pakete weiter zum Versand. Jedes von ihnen fällt auf die richtige Rutsche für den LKW und damit aus eurer Verantwortung heraus.

Wenn du Vanessa zwischen den Kollegen begegnest, ihr aneinander vorübergeht, spürst du kurz ihren Atem. Du hörst ihren Klang und weißt, dass dieser Klang zu deinem passt. Es ist das Rauschen der Nervenbahnen, die um Erlebtes wachsen, das Säuseln der Verästelungen. Du kannst es mit geschlossenen Augen erkennen. Alles, was du willst, sind dieselben Schichten wie Vanessa, damit ihr auch dieselben freien Zeiten zu Hause habt, und einen der Stühle neben ihr während der Pause. Ihr wechselt einen Blick, eine Berührung, ein freundliches Wort. Manchmal besprecht ihr heimlich im Aufzug, wer heute die Einkäufe erledigen wird. Das Gelb ihrer Warnweste leuchtet am hellsten von allen.

Du liebst, dass ihr immer etwas zu lachen findet, bis die Backen wehtun und der Bauch. Sie lacht über deine Witze und du über ihre, meistens, weil ihr sie wirklich lustig findet. Und oft, weil das Lachen ein schönes Gefühl ist und du ihr dabei nahe bist. Ihr Lachen hat etwas Gewaltiges, das plötzlich hereinbricht, das man gar nicht überhören kann, manchmal verunsichert es dich auch. Oft geht es in ein Husten über, weil Vanessa viel raucht. Aber genau dieses Lachen, so wie es ist, gefällt dir.

Ihr teilt mehrere graue T-Shirts, manchmal trägt sie eines und manchmal du, sie gehören euch beiden. Mittlerweile sind sie verwaschen und weich. Wenn du siehst, dass Vanessa eines eurer T-Shirts anhat, fühlst du dich mit ihr verbunden, egal an welcher Stelle der großen Maschine sie gerade ist.

Mit der Zeit hast du bemerkt, dass du dich nicht nur auf sie freust, sondern dass du sie brauchst, als wärst du mit Klebstoff beschmiert und sehntest dich nach einer Fläche, mit der du dich verbinden kannst, bevor der Klebstoff wieder trocknet.

Vanessa arbeitet beim Retourenmanagement, prüft Gründe für Rücksendungen von Waren und bestimmt die weiteren Verfahrensweisen. Sie achtet auch auf die Optimierung des Barcodesystems und bringt Vorschläge, denn im System läuft sowieso etwas grundsätzlich falsch. Pakete mit ruinierten Codes, unlesbaren Adressen und Nummern oder beschädigten Aufklebern werden aussortiert oder fahren aufsichtslos im Kreis. Manchmal wird nach einem einzelnen gesucht, aber eigentlich braucht diese Pakete niemand mehr. Fallen sie aus dem System, weiß dieses nur, dass die Zustellung unmöglich ist, aber selten, was passiert sein könnte oder wo sie sich befinden. Diese Pakete lagern im Rollcontainerwagen am Ende der Halle, monatelang bis zur nächsten Inventur. Nach fünf Jahren bist du geübt darin zu erahnen, was die Pakete beinhalten, ihr Arbeiter macht manchmal ein Ratespiel daraus. Einige der obsolet gewordenen Gegenstände könntet ihr selbst gut gebrauchen. Doch etwas nach er Inventur zu behalten, ist verboten. Die Pakete werden zu Abfall, ihr schiebt sie zum Müll.

Ihr stoßt, hebt, drückt, zieht die Artikel durch die Hallen. Heimtückisch sind die unberechenbaren Pakete, in denen das Gewicht ungleichmäßig verteilt ist. Oder die, in denen der Inhalt verrutscht, in denen das Innenleben sich bewegt, die ohne Füllmaterial verpackt sind. Sie brauchen Balance und einen wachen Geist. Du transportierst Pakete, malst dir die Geheimnisse aus, die hinter den Kartons, der Wellpappe, den Codes und Adressen stecken: massive Küchenmaschinen, überdimensionierte Stofftiere, moderne Soundanlagen, teure Computertechnik. Du stellst dir vor, dass sich jemand für diese Gegenstände aus dem Katalog entschieden hat. Ob sich die Person freut, wenn das Paket ankommt? Oder ob der Gegenstand doch nicht ihr Bedürfnis erfüllt?

Diese Gedanken wirbeln in dir, während du die Pakete beförderst. Du verschiebst ihre Plätze, stellst sie dorthin, wo sie hingehören, so wie der Plan es vorgibt, schaffst Ordnung, in der Pakethalle und auch in dir.

Wenn du darüberstreichst, fühlst du an zwei Stellen deines Bauches kleine Knubbel, Risse in der Muskeloberfläche. Schmerz zieht in den Rücken. Zu wenig Tabletten zeigen keine Wirkung, von zu vielen Tabletten wird dir übel und schwindelig. Die Übelkeit kriecht vom Magen in den Unterbauch und wieder zurück. Schweiß sickert aus den Poren und trocknet kalt auf der Stirn.

Vanessas Kompliment kreist in deinem Kopf: »Kein anderer ist so gut beim Heben der Dreierkisten wie du, Edin.«

Du stemmst, hievst, schiebst. Das Gefühl, den Aufgaben nicht mehr hinterherzukommen. Der eigene Wille, das eigene Tempo stoppen den großen Plan, die Liste, die über allem schwebt. Du schaffst die Stückzahl nicht mehr, am Ende der Schicht bleiben dir seitenlange Posten übrig. Auf den Listen der anderen sind es vielleicht zwei oder drei der großen Pakete.

Du schaust, wie die anderen sich bewegen, ob sie ergonomischer heben und tragen, aber da ist kein Unterschied zu dir. Du versuchst den Rücken gerade zu halten, dich mit der Kraft der Beine hochzudrücken, doch die Wirbel reiben aneinander. Dein Körper nutzt sich bereits ab. Stiche blitzen durch die Krümmung der Wirbelsäule, als würde sie zusammengestaucht werden, als würden mit jeder Bewegung Nerven verschoben. Der Kiefer sitzt angespannt im Schädel. Viele kleine Muskeln halten ihn fest. Dein Knie knirscht. Ein Blick. Du willst kein Mitleid. Du hast alles im Griff. Du sorgst für dich, wirst weiterarbeiten, du wirst sagen: »Der, der das alles geschafft hat, bin ich!«

Du kämpfst stolz weiter. Das hier ist deine Aufgabe, dein Platz. Das Herz hat Ausdauer, ein Menschenleben, drei Milliarden Schläge.

Das Schmerzgel ist heiß auf der Haut und rötet sie. Mit deinen Bewegungen verteilt sich der Geruch im Raum und jeder kann wittern, dass du beinahe entzweibrichst. Wenn es wieder knackt, reagierst du nicht, vielleicht bemerken es dann die anderen auch nicht. Du musst aufpassen, was du sagst und was du verheimlichst, du bekommst schlecht Luft. Was, wenn du dich plötzlich nicht mehr rühren kannst? Dein Herz pocht, du hoffst, dass dein Körper nicht plötzlich nachgibt. Mehr Magnesium sollst du zu dir nehmen, zusätzliche Tabletten. Du versteckst die Pillen. Du weißt, dass du dich nicht für deinen Körper schämen musst, doch das Wissen löscht die Scham nicht aus.

Der Körper ist mächtig. Der Körper ist schwach. Der Körper kann heilen, er erwacht pausenlos aufs Neue. Du wünschst dir, dass die Einzelteile einrasten in ihrer störungsfreisten Anordnung.

Samir zwinkert dir zu, nimmt deine Liste mit und bringt sie mit dem Vermerk zu den Positionen wieder, die er für dich erledigt hat. Du gibst deine Liste beim Schichtleiter ab.

Ihr verlasst nach der Schicht miteinander die Halle. Der Schichtleiter steigt in sein Familienauto. Du nimmst den Bus.

Früher warst du immer unter den Besten, wenn ihr die Listen verglichen habt, der Schichtleiter lobte dich. Und er lobte dich wieder, aber etwas weniger, und immer weniger, und irgendwann war dein Tempo für ihn und die anderen normal, schon während der Lehre und auch in den zwei Jahren seither. Ältere Kollegen meinten, ob du dich nicht übernehmen würdest und dass man auch, wenn man jung ist, auf die Gesundheit achten muss, der erste Bandscheibenvorfall wäre ein Schock. Trotzdem wuchtetest du mehrere von den schweren Paketen auf einmal, während die anderen dich ehrfürchtig anblickten.

Was du tust, ist richtig. Du arbeitest acht bis zehn Stunden am Tag. Du funktionierst, kennst die Abläufe, weißt genau, was zu tun ist. Du kannst dich behaupten, du gehörst dazu, du bestehst im Kampf ums Überleben.

Du sagst dir: »Du siehst nicht kräftig aus, bist nicht groß oder muskulös, aber keine andere Wirbelsäule leistet so viel wie deine, jedem Paket zum Trotz.«

Du willst es ihnen beweisen, es ist nur vorübergehend, dass du im Ranking unter den Letzten bist. Und du vergisst den kurzen Zweifel und lässt dich für Überstunden einteilen.

Die Arbeit besitzt den Tag. Im Anschluss nach Hause, einkaufen, essen, Kleidung in die Waschmaschine werfen, duschen, den schwarzen Belag von den Händen schrubben, Pflaster auf die Schrammen kleben, online gehen, den nächsten Level erreichen, dich mit Vanessa darüber freuen, wenn im Radio das Lied läuft, das euch beiden gerade am besten gefällt, dich ins Bett werfen, Schäfchen zählen, weil du noch nervös bist, schlafen, und wieder der Wecker, rechtzeitig vor Schichtbeginn läutet er, den Mond oder die Sonne anschauen, sich aufraffen, zur Arbeit hasten, tragen, schlichten, schupfen.

Eilschritt, die Hektik trägst du mit. Du fauchst, wenn dir einer zu langsam geht, zu langsam an der Kassa das

Geld zählt, den Einkauf im Schneckentempo einpackt oder wenn du vor der Ampel wartest. Wenn ein Verkäufer oder eine Busfahrerin ihre Handgriffe nur träge ausführen, stehlen sie dir die Zeit.

Schweißgeruch und Müdigkeit, du hast den Tag erledigt. Die Luft ist staubig. Ihr bringt den Staub von draußen mit. Jeder kann ihn euch ansehen, die Jacken, Hosen, Pullover, die Haare sind von einer grauen Schicht bedeckt.

»War es heute anstrengend?«, fragst du Vanessa.

»Unglaublich, ja.«

»Wie wäre es mit Obst?«

Ihr grabt die Zähne in die saftigen Fasern einer Orange, saurer Saft auf euren Zungen. So satt wirst du nur nach der Arbeit. Du magst es, die Schuhe auszuziehen und die Füße hochzulegen, die Packung einer Chipssorte zu öffnen, deren Geschmack du vergessen hast, du magst es zu merken, dass du ein scheinbar unüberwindbares Problem doch überwunden hast. Ein sekundenlanger Blickwechsel, der dich zum Leuchten bringt. Du ertappst dich beim Träumen, von Urlaub am Strand, vom grauen Ledersofa, über das Vanessa schon mehrmals gesprochen hat, von einem Fußballpokal mit deinem Namen darauf, von einer Wohnung mit drei Zimmern und einem Kabinett, von einer Hängematte auf einem eigenen Balkon, von Namen, die ihr einem gemeinsamen Kind geben könntet.

Der Rücken ächzt, das Hüftgelenk und das Knie knarren, du bist erleichtert, die Knochen sinken wieder in ihre Positionen zurück.

Du kümmerst dich gern um eure Wohnung, zahlst die Miete, die Strom- und Heizungskosten ein, du empfängst den Rauchfangkehrer, organisierst die Thermenreparatur, versuchst die Internetausfälle zu beheben. Du verspachtelst Schrammen in den Wänden, überstreichst dunkle Stellen, du wechselst die Glühbirnen und Staubsaugerfilter, reinigst die Abflüsse und putzt die Fugen. Deine Hände sind klein, die Nägel abgekaut, doch mit ihnen reparierst du sogar die winzigen Scharniere eurer Regenschirme, du nähst in feinen Stichen und spannst den Stoff, der euch vorm Regen schützt, straff auf.

Ein Funke von Bewunderung in Vanessas Augen ist wie eine warme Dusche, ein gemütlicher Frühstücksmorgen, kühler Bierschaum am Nachmittag und die Option auf eine andere Welt, eine wählbare Abzweigung, manchmal.

Enter. Du durchquerst drei mit Maschendrahtzaun umwickelte Tore. Sonnenuntergang. Jedes Mal, wenn du die Schleuse betrittst, kommst du zu dir. Du hörst das metallische Quietschen, mit dem sich das erste Tor hinter dir schließt. Dir gehen vergangene Erfolge durch den Kopf. Zehn Levels hindurch suchst du nach der finalen Schwelle, die unsichtbare Tür ist scharf bewacht. Ein Hund heult irgendwo. Nacht. Hinter dem zweiten Tor beginnt der neue Level. In dem noch unbetretenen Gebiet kann man nichts vorhersehen, aber du verlässt dich auf deine Kraft, weil du auch vor diesem Level schon so viele geschafft hast, du läufst dem Mond auf dem Wüstenweg entgegen, Routine, Zentimeter für Zentimeter.

Du ziehst deine Handschuhe zurecht, deine starken Hände werfen keine Schatten vor dem Licht der Explosion. Diese Hände, denen du dein Leben anvertraust, die für dich handeln, in jeder Situation, deine Werkzeuge, dein Können. Deine Hände vor der dunklen Sonne, die Hände in der hellen Nacht. Du führst sie wieder zum Körper.

Entschlossen gehst du durchs Feuer. Du hast viel erlebt, Erfahrungspunkte gesammelt. Dein Atem begleitet dich.

Die Sonne wandert von Ost nach West, beleuchtet die Inselstadt im Ozean. Der Himmel ist eine purblaue Fläche. Das Licht wird als Glitzern im Asphalt, im Lack der Autowracks, auf deiner Lederjacke reflektiert. Die Gebäude der Stadt sind als ziegeltexturierte Flächen, als dreidimensionale Objekte in den Raum gesetzt. Aus der Ferne wirken die Umgebungsschatten plastisch, aus der Nähe wirken sie wie unabhängige Objekte. In manchen Momenten glaubst du der Darstellung dieser Realität, in anderen Momenten wirkt sie künstlich, du bewegst dich unbesorgt darin.

Du schaust zu Vanessa hinüber, sie ist neben dir im Zimmer und ihr Wolf sprintet knapp hinter dir auf den Straßen der Inselstadt. Eure Raster legen sich zweifach übereinander, ihr haltet euch in denselben Zonen auf.

»Weg vom Fenster! Er kann uns sehen.«

Vanessas Wolf dreht sich zu dir um, reißt den Schlund auf, das Gewehr hält er bereit, den Lauf noch auf den Boden gerichtet. Seine Pupillen leuchten. Staubige Straßen vor euch, gelber Wüstensand. Der Wind dreht zwischen den Häuserfronten.

»In Deckung!«

Dich überkommt eine glasklare Distanz, als wärst das nicht mehr du, als könntest du hin- und herspringen zwischen deinen Ichs. Diese Distanz kannst du vielleicht auch Mut nennen. Du bist in Sicherheit und dadurch stets in deiner doppelten Kraft, durch die Falltür deines zweiten Ichs kannst du immer entkommen. Wenn du stirbst, hast du eine zweite Chance, und danach noch eine und so geht es immer weiter. Du kannst nicht verlieren.

Splitter bohren sich in den Boden des langen Gangs, die Glühbirnen über dir zerplatzen. Funken sprühen. Keine Tür ist die letzte, hinter jeder folgen noch mehr Türen. Vanessa und du, ihr sucht die Schwelle. Ihr erkennt sie erst, wenn ihr durchgeht. Links, du gelangst endlich in den Hof, dahinter ein mehrstöckiges Gebäude. Wo versteckt sich der Zombie? Geradeaus, du läufst durch den Hof. Ein Schatten huscht am Fenster des oberen Stockwerks vorbei. Du läufst zurück, navigierst in die Liftkabine. Aufwärts, zwischen Aluminiumtextur-Wänden, die Zahlenanzeige leuchtet: 2. Als du aussteigst, Mondlicht. Regen trübt deine Sicht. Die Tropfen zerschellen und lösen sich auf, sobald sie auf Oberflächen treffen. Du gelangst auf eine Betonterrasse. Da ist er! Hinter einer Satellitenschüssel zerrt er seinen schwachen Körper hervor. Verwestes Fleisch. Die obere Zahnreihe ragt scharf aus dem zerfallenden Kiefer. Seine Krallen, verkrampfte Hände und Finger, schlagen nach dir. In seinen Augen nur noch Augäpfel, weißgelb, er kann dich nicht sehen. Der Zombie hat keine Chance gegen dich. Du schießt ihm ein Bein weg. Mit letzter Kraft hüpft er auf dem anderen auf dich zu. Du knallst ihm einen Arm weg, und als er auf dich zu fallen droht, machst du einen Schritt zur Seite, sodass er auf den Boden kracht und in sich zusammensinkt.

Du bist auf der Hut, stets von möglichen Angreifern umgeben. Diese Furcht ist so alt wie du selbst, du bist in ihr zu Hause, hier ist der Ort, an dem sie dir nutzt. Du trotzt der Furcht, besitzt die Waffen, um dich zu verteidigen, trägst, womit du dich wehren kannst, bei dir.

Das Feuer der Granatenexplosion verglüht. Ein zweiter Zombie wieselt weg und versteckt sich hinter den Säulen eines Garageneingangs. Er blickt immer wieder zurück. Erkennst du Angst in seinem Gesicht?

»Achtung! Hinter dir!«, ruft Vanessa.

Deine Finger reagieren und finden Handlungsoptionen, von denen du bisher keine Ahnung hattest, dass du sie in dir hast. Du wechselst die Waffe, ein simpler Dolch eignet sich perfekt. Du hast dich bereits von hinten angeschlichen und stürzt dich mit einem Messer auf den Feind.

»Er ist neutralisiert!«, Vanessa jubelt neben dir, im Glanz ihrer Augen spiegelt sich deine Welt.

Im Laufschritt. Ihr zwei seid ein Team. Nebeneinander sucht ihr nach Zombies zum Killen und nach der Schwelle zum letzten Level. Ihr habt viel erlebt, habt digitale Körper geschlachtet, seid im Kills-Rank gut dabei. Ihr beiden Wölfe durchforstet die Welt. Eure Mission: gemeinsam die Zombies ausrotten, kämpfen bis zum Finale, bis zum allerletzten Portal. Euer Ziel ist klar. Wenn einer von euch die Schwelle findet, klettert ihr beide durch. Der Tisch wackelt, das Geschirr auf dem Tisch klirrt, während ihr die Fingerkuppen in die Tastaturen haut. Kaffee zischt in der Kanne auf dem Herd. Ihr könnt nicht unterbrechen.

Du gehst auf Radar. Ihr seid zwei gelbe Punkte, die auf der Landkarte über grüne Flächen wandeln, die mit ihren Pfaden rote Weglinien nach sich ziehen. Optionale Streckenvorschläge eilen euch als orange Linien voraus.

Was ist das? Am Bildrand fadet eine grelle Warnanzeige ein. Etwas stimmt nicht, du musst sofort reagieren. Und da: An deinem Heldenbein hat sich ein Zombie festgebissen. Er saugt deine Energie weg mit schmatzenden Lauten. Dein Wolf stöhnt vor Schmerzen, aber du bleibst cool, wählst deine Handgriffe bedacht. Pistole nachladen. F5, Shift, 8 und geschmeidig auf die 3 gehen, halten und alles im richtigen Moment loslassen. Abschuss mit aller Spannkraft. Ein Schuss aus der Nähe, digitales Blut überall.

Klick. Ein Screenshot eurer Wölfe in der Stahllandschaft.

Berauscht, angestachelt, als bräuchtest du mehr, ausgelaugt, als hättest du nicht genug bekommen, spürst du einen Stich im Brustbein. Irgendwo da vermutest du dein Herz.

Du streckst den Arm aus, die Webcam ist rund wie ein ausgerissener Augapfel in deiner Handfläche. Vanessa nähert sich, langt mit dem Arm zur Auslösertaste an der Maus. Der winzige Punkt, die Linse im Auge, schimmert blau. Sie kann die Umwelt einsaugen und an einen anderen Ort transportieren. Ihr versucht euch vorzustellen, was sie von euch aufnimmt: ein Siegerbild. Ihr stellt euch in Pose, ihr füllt das Bild mit Leben, noch bevor es ein Bild geworden ist.

Du knickst die Beine, um gleich groß wie Vanessa zu sein, deinen Kiefer ziehst du so breit wie möglich, die rechte Schulter versuchst du trotz des ausgestreckten Kameraarms rückwärtszuziehen, den anderen Arm legst du um Vanessa.

»Ich sehe uns nicht auf dem Bildschirm. Etwas höher, Edin, etwas weiter rechts!«

Du willst die Kamera höher halten, das Kabel zum Computer spannt zwischen dem Anschluss und deiner Hand. Das Bild, das du versuchst herzustellen, ist nicht möglich. Also geht ihr beide noch mehr in die Knie und du ahnst, dass die Spannung in euren Körpern und Gesichtern später sichtbar sein wird.

Du machst Stimmung: »Wir sind die Sieger, wir kriegen die Zombies, wir erledigen sie!«

Ihr betretet das Podest, seid Jäger, die mit der Beute posieren, niemand braucht euch einen Kranz zu überreichen, das schafft ihr selbst. Erst der fotografierte Moment beweist die Realität. Vanessa macht mit, du denkst vielleicht nur für dich, aber merkst, dass es ihr genauso Spaß macht.

Die Drehung deines Kopfes zeigt zum Bildschirm, den Blick richtest du trotzdem in die Kamera, achtest auf die Kanten, damit sie eure Gesichter nicht abschneiden. Du spürst Vanessas Wange an deiner. Als du automatisch grinst, saugst du die Wangenhaut in den Mund, du willst, dass dich die anderen abgehärtet statt mild sehen auf den Fotos. Vanessa drückt den Auslöser. *Enter*. Ihr vertraut den Maschinen, den Disketten, Festplatten, Servern und Chips. Ihr lagert Erfahrungen aus, nicht um sie wahrzunehmen, sondern um sie einzusammeln, um die Abbildungen von euch zu besitzen. Versionen, die nicht ins Bild passen, könnt ihr löschen. Manches wird für euch übertrieben sichtbar, dafür werdet ihr für anderes blind.

Ihr könnt euch wieder entspannen. Was bleibt, ist ein rötlicher Abdruck im Gesicht des anderen.

Vorm Bildschirm sitzen, in die bunten Farben starren, die Fotos ziehst du in den Desktop-Ordner: *Wir*.

Euer Foto und der Screenshot eurer Wölfe laden von oben nach unten wie der Lichtstrahl eines Kopierers in den Chat, bis sie in voller Größe zu sehen sind. Die Fotos sehen flach aus, die Farben ausgedünnt, aber das ist weiter nicht schlimm. Ihr zeigt, wo ihr euch befindet, wie ihr euch fühlt und was ihr erlebt, ihr schickt euer Bild in den unendlichen Datenstrom. Die Luft um euch voller Signale. Ihr geht mit dem Foto durch die Wände in Zimmer auf der ganzen Welt. Das Bild ist der Spiegel, durch den ihr euch seht und durch den ihr gesehen werden wollt. Und die anderen bestätigen euch, dass ihr da seid, sie bestätigen euch, euren Standpunkt. Erste Antworten: »Das Foto ist großartig«, »Ihr seht toll aus«, »Ihr seid so süß«, »Just amazing!«, »Stark«.

II

Deine Hände folgen fremden Befehlen, der Rest deines Körpers ferngesteuert, oft läufst du ihnen in den Gängen hinterher und sie ziehen dich.

Kisten schieben, Rollwägen bewegen, anhalten. Du stemmst, schiebst, knirschst, in die Knie gehen, strecken, zugreifen, fallen lassen. Du rammst dir ein Paket in den Bauch. Die Stelle färbt sich blau und lila. Eine Kartonkante schneidet dir in den Unterarm. An heftigen Tagen schwellen die Gelenke an.

Wenn du nicht weißt, wo du bist, schaust du auf deine Hände. Haben sie Schrammen und feine Härchen? Kannst du die Finger ausstrecken? Lassen sie sich wirr bewegen? Werfen sie Schatten? Deine Hände, Handflächen, Handrücken, du drehst sie. Check: zehn Finger. Sie sind dein Anker, du streichst über Oberflächen, spürst Metallgestänge, Perforierungen, Karton, Blaumannstoff an deiner Haut. Du bist in der echten Welt.

Handschuhe an. Du trennst die verhedderten Pakete mit dem Stanleymesser.

Du hättest andere Aufgaben, trotzdem fragen sie oft dich. Du bist der, der an allen Stationen einspringt. Du quetschst dich in die Sekunden, machst dich schmal, versuchst dennoch alles im Griff zu behalten, du zwingst dich.

Der Abteilungsleiter meint, es erreichen euch noch mehr Bestellungen, zusätzlich zum Briefformular, Fax und zur Hotline, noch vor der Jahrtausendwende werden es doppelt so viele sein. Bestellungen übers Internet wären simpler zu verwalten, das System halbautomatisch.

»Die Software errechnet die Arbeitsschritte effizienter und ist günstiger als ein Mensch, sogar inklusive der Wartungskosten.«

Er glaube schon noch an die Kataloge, aber der Verkauf übers Internet würde als neuer Zweig emporschießen, bald sogar international. Die Abwicklung sei rascher, doch du weißt, am Anfang geht keine Neuerung schnell.

Der neue Computer errechnet eure direkten Wege, so gibt es nicht nur eine Liste am Morgen, sondern mehrere am Tag. Die Abteilung kann gezielter arbeiten, die Kisten werden effizienter befüllt, ihr habt kürzere Wege. Wenn ihr im Plan zurückbleibt, wenn ihr das Pensum bis Schichtende nicht erfüllt, müsst ihr nun nur die letzte Position eingeben und die Liste wird für die nächsten Packer neu errechnet. Verrutscht die Eingabe um eine Zeile, gerät eine falsche Nummer ins System, verfälscht sie die Summen. Der Fehler muss gesucht werden, besser, er wird erst gar nicht gemacht. Ihr tippt mit den Zeigefingern die Zahlen ein, die über den Bildschirm laufen. Der Unterstrich blinkt. Ihr müsst euch erst ans Tippen gewöhnen. Auf eine kleine Diskette passen die Artikelnummern eines ganzen Jahres.

Deine Wunde am Ringfinger juckt unter dem Pflaster. Die Vorgänge, wie dein Körper Wunden heilt, kannst du deutlich unterscheiden, denn du hast viele Wunden an allen möglichen Stellen und in allen möglichen Farben. Der Finger juckt, als wolle er rufen, könne aber nur flüstern, und das nicht besonders laut: »Hier bin ich, vergiss mich nicht!«

Alles, was du nicht berühren kannst, wirkt fern.

»Du bist jung«, der Abteilungsleiter klopft dir auf die Schulter.

Er hat ein seltsames Zucken in den Pupillen.

»Stell die Kiste ab«, sagt er und senkt den Blick.

»Aber …«, du verstehst nicht.

Das Sprechen ist unmöglich, als hättest du einen Krampf, der dir den Hals zuschnürt, während der Liftfahrt vom Keller in den dritten Stock des Nebengebäudes. Wenn sie dich in die Büros zu den Vorgesetzten rufen, setzt du dein Lügengesicht auf. Vor wichtigen Menschen stellst du keine Fragen. Sie scheuen Komplikationen. Du erzählst, was sie hören wollen. So lassen sie dich eher in Ruhe.

Frau Weber, die Personalerin, hat einen steifen Oberkörper. Wenn sie nervös ist, leckt sie über die Lippen und schnappt in Happen nach Luft. Sie hält die Zigarette zwischen die Finger geklemmt, während sie mit einer Hand blättert und mit der anderen Hand schreibt. Sie kratzt den grellroten Nagellack mit dem Daumennagel von ihren Fingernägeln. Auf der Schreibmappe sammelt sich ein Häufchen aus Splittern. Sie wendet sich ab und zieht an der Zigarette, pustet den Rauch aus, wendet sich zu dir. Sie weist dir den Platz auf dem Holzstuhl zu, zieht die Mundwinkel hoch, als würde sie dich zu einem freundlichen Blickwechsel einladen. Sie wirkt auf dich, als würde sie dir anbieten, ihr zu vertrauen. Sie dämpft die Zigarette aus, ihr Lächeln fällt ruckartig vom Gesicht. Die Luft ist trocken. Ein steifes Tuch hängt über der Heizung.

Du hustest, spürst rote Aufregungsflecken über den Hals bis ins Gesicht hochkriechen. Unter der rechten Achsel schwitzt du stärker als unter der linken. Du merkst, wie es nass wird. Nur ein Fleck saugt sich in den Stoff.

»Ich habe leider schlechte Nachrichten für Sie. Mit Ende des Monats müssen wir uns voneinander trennen. Wir möchten uns herzlich bei Ihnen für Ihre Arbeit bedanken«, ihre Worte klingen kalt.

Du kannst nicht glauben, was du hörst, es dringt nicht ganz zu dir durch. Es klingt weit entfernt, nicht echt, wie ein schiefgegangener Witz, den man sofort wieder zurücknehmen möchte, also schießt dir auch der Versuch eines Witzes aus dem Mund: »Schwanger wie Milica werde ich aber in nächster Zeit sicher nicht!«

Darauf reagiert Frau Weber gar nicht, es gab nämlich viele Beschwerden und eigentlich war das illegal, aber Milica hat nichts dagegen unternommen.

»Ab morgen. Ihre vielen Urlaubstage. Gesetzliche Abfindung. Natürlich.«

Aus Frau Webers Mund riecht es nach Rauch. Ihre halblackierten Nägel hält sie nun in der Faust versteckt.

Deine Hände liegen auf deinen Knien und du bemerkst, dass du sie zu Fäusten ballst. Dein Nacken und Kopf schütteln sich, du hast keinen Einfluss.

»Aber warum?«

»Ich möchte ehrlich sein. Aus Kostengründen haben wir entschieden, uns auf die erfahrensten und zuverlässigsten Mitarbeiter zu verlassen.«

Du möchtest wie so oft auf Pause drücken. Du erstarrst. Deine Ohren scheinen sich automatisch zu verschließen.

Du kannst Frau Weber nicht in die Augen schauen. Wenn jemand von dir denkt, du wärst ein Loser, willst du dieser Person nicht noch mehr Angriffsfläche geben. Dir ist, als würdest du zweimal einatmen und keinmal aus. Du kneifst die Augen plötzlich immer wieder fest zusammen, blinzelst, die Muskeln um die Augen kontrahieren. Bei Stress beginnst du mit einem Tick, den du nicht kontrollieren kannst, das hat dir der Abteilungsleiter gesagt, als Feedback. Es war peinlich. Du hast die Verkrampfung nie zuvor selbst bemerkt, aber jetzt spürst du sie.

Frau Weber schlägt erneut ihren verständnisvollen Ton an: »Schauen Sie, in Ihrem Alter dürfte es nicht allzu schwer sein, in einem anderen Betrieb unterzukommen. Was wäre Ihnen denn wichtig für Ihr Empfehlungsschreiben?«

Du stotterst, weißt die Antwort nicht. Du bist durchsichtig, das Rückgrat liegt blank. Jeder kann dein Innerstes sehen und wer will, ist frei, es zu zerbrechen.

Frau Weber hebt das piepsende Telefon ab, nickt dir entschuldigend zu und schafft der Person am anderen Ende der Leitung an, einen neuen Termin zu vereinbaren. Während sie telefoniert, schaut sie auf ihre Zigarettenschachtel. Sie legt auf.

»Wollen Sie die Urlaubstage gleich einreichen? Ich leite das weiter.«

Du nickst.

Aufflackernde Höflichkeit verklebt ihr Gesicht, ihre Gedanken sind woanders. Sie schreibt sich einen Erinnerungszettel, legt rasch ein Formular beiseite, das wohl mit dir zu tun hat. Zum Abschied streckt sie dir die Hand entgegen. Eine Sekretärin bringt einen Stapel dicker Mappen herein. Sie flüstert, sie wolle nicht stören.

Du schleichst hinaus, Frau Weber steht schwer auf deinen Schultern. Du gehst gekrümmt. Die Zunge drückt an den Gaumen. Deinen Schildkrötenkopf schiebst du aus dem Panzer hervor, damit wenigstens dein Kopf so schnell wie möglich von hier wegkommt.

Du ziehst die Tür hinter dir zu. Durch die Bürowand aus Glas nickt Frau Weber dir nochmals zu.

Du schaffst es nicht, die Gedanken ineinanderzustecken, sie ergeben zusammen keinen Sinn. Gestotter. Du hattest nie die Befürchtung, eines Tages gegen deinen Willen zu arbeiten aufhören zu müssen. Was wurde aus all der Anerkennung während der Lehre hier, was wurde aus all dem Lob? Die Kolleginnen und Kollegen sind schockiert, niemand hatte damit gerechnet, dass noch einer geht, und noch dazu du. Du merkst aber auch, dass sie froh sind, dass es nicht sie selbst getroffen hat. Sie sagen, dass alles gut wird und dass sie dich besuchen kommen. Schon während du ihre Nummern ins Handy tippst, weißt du, du wirst sie niemals in die Anrufzeile holen. Du drückst *Speichern*. Warum solltet ihr plötzlich Freunde werden? Auch wenn ihr in derselben Stadt wohnt, finden werdet ihr euch darin wohl weiterhin nicht.

Mit Samir ist es anders.

»Was machen wir ohne dich?«, sagt er.

Von ihm verabschiedest du dich nicht. Ihr seid Freunde. Ihr werdet euch bald wiedersehen und es wird keinen Abstand zwischen euch geben.

Die Bindschnur des Rucksackverschlusses lässt sich nicht ganz zuziehen, mit dem Spindinhalt von fünf Jahren, deiner Lehrzeit und den zwei Jahren danach, bepackt. Den Philodendron aus dem Pausenraum, um den du dich so lange gekümmert, den du gegossen hast, nimmst du auch mit. Du magst die Pflanze, sie konnte im Kellerzimmer ohne frische Luft und ohne Tageslicht überleben, sie ist unverwüstlich.

Du lauschst dem Gesang der Maschinen, der Förderbänder, dem verlässlichen Fallen der Pakete, dem Summen der Motoren, diesem rauschenden Bach, gleichmäßig zum Versinken, manchmal erkennst du eine zufällige Melodie, wenn der Lastengreifarm sich bewegt, wenn er zudrückt, wenn er die Pakete über dreißig Kilo über die Absperrung in den Verladebereich hebt. Rufe, ab und zu, wenn etwas nicht planmäßig eintritt. Zu Verladezeiten öffnen sich die Rollläden, die Gitter der Container scheppern. Du lauschst den Rädern, wie sie über die Schlagrillen im Boden holpern, den klappernden Drähten. Eine Radachse geht zu Bruch und wie in einem aufgeregten Ameisenbau schwillt das Surren der Arbeiter an. Man hört es sonst nur am Ende der Tagesschicht, wenn die Maschine für einen Moment in sich einsinkt, wenn die Veränderung zu kurzem Stillstand führt, bevor sie wieder mit voller Kraft beginnt.

Dein Atem steckt. Du bemühst dich, Atem durch die Luftröhre zu pumpen. Du konzentrierst dich bei jedem Einatmen auf das Heben des Brustkorbs, bei jedem Ausatmen senkt er sich. Die Luft verteilt sich um dich im Raum. Wieder und wieder. Du atmest ein und aus, schaffst sogar, den Atem bis in die Lungenspitzen, bis unter die Schlüsselbeine, in die Nieren, den unteren Rücken zu drängen. Du zwingst ihn, dich auch jetzt nicht im Stich zu lassen. Die Disziplin verlangt dir die meiste Energie ab.

III

Exakt in der Mitte hängt die Lampenkugel in den Raum. Im metallenen Lampenbaldachin spiegelt sich das Zimmer, dreihundertsechzig Grad verzerrt. Die Mauern lösen sich auf zu einer weißen Fläche, als gäbe es keine Grenzen. Du liegst im Mittelpunkt eurer Einzimmerwohnung im Zwischenraum von Tisch und Bett. Der Boden ist glatt unter den rauen Fußsohlen, die Bretter warm unter den Zehen. Der Raum liegt auf dir. Es riecht nach abgenutztem Holz, nach Verlorenem in den Bodenritzen, nach kleinen Rissen in den baufälligen Mauern. Im Hof hörst du die Deckel der Mülltonnen mehrmals zufallen. Du stellst dir oft vor, zu wem die Stimmen in den Innenhöfen gehören. Du stellst dir die Ereignisse vor, die vom Gemunkel begleitet sind, die aus den Orten der anderen dringen, aus deren offenen Hintertüren. Wenn du zuhörst, bist du in Gesellschaft und allein zugleich.

Der Hof pustet Luftstöße ins Zimmer. Sie wirbeln den Staub, die Haare und Hautschuppen, die kleinen, unsichtbaren Spuren eines nun vergangenen Alltags auf. Sie haben dich wohl immer umgeben, bemerkt hast du sie bisher kaum. Es ist, als hättest du plötzlich vergessen, wer du die vergangenen Jahre, wer du gestern, wer du vor einigen Stunden noch gewesen bist.

Du ordnest deine Frisur, ziehst verfangene Haare zwischen den längeren heraus und schüttelst sie von den Fingern. Im Luftzug kriecht das Büschel auf dem Fensterblech davon wie ein Weberknecht auf langen Beinen. Du schließt das gekippte Fenster. Graue Rollos, die bis unter die Simse reichen, verwandeln die Wohnung in eine Höhle.

Die Stille in deinen Ohren ist laut genug, um die Geräusche des Körpers zu übertönen. Das Wummern und Pumpen, das Glucksen im Bauch, das Kniegelenk, das Schlucken der eigenen Spucke, der Widerstand der strömenden Luft durch die Nase und das helle Rauschen, wenn das Blut in den Verästelungen fließt.

Die Pausen nach dem Ausatmen sind Löcher, durch die das Chaos in dich dringt. Die nächste Einatmung füllt dich. Du verknotest das Lungenventil und testest deine Willenskraft. Die Lunge stößt gegen den Rippenpanzer, die Luft steckt. Du bist ein verschlossenes Behältnis, nichts kommt herein. Um dich wirbelt alles durcheinander, ein Sturm reißt alles in sich mit. Wo du liegst, ist sein Zentrum, windstill. Du hast einen losen Raum betreten. Ohne Anhaltspunkte ruderst du durch die Wohnung wie durch ein schwarzes All. Freier Raum kriecht aus den Ecken. Du kannst die Luft nicht mehr halten, ziehst gierig frischen Sauerstoff durch die Ritzen zwischen den Zähnen. Zischlaute. Schwindel, aber du hast dich unter Kontrolle. Du atmest.

Die Beine sind gespannte Federn, jederzeit bereit loszulaufen. Du hältst die Energie in der Schwebe, noch ist sie stets wandelbar in Aktion. Die Arbeit ist angehalten. Es gibt nichts zu tun. Der Antrieb, ständig etwas machen zu wollen, wird ein nervöses Zittern. Deine Kraft rinnt aus. Du hast die Einnahme der Schmerzmittel pausiert. Dein Rücken zieht, jede Sehne. Du gerätst ins Schwitzen, wenn du dich aufrichten willst. Dein Rücken ist schwach. Gerade ist es, als hielten dich die eng gebauten Mauern aufrecht. Wäre der Raum größer, glaubst du, würdest du auseinanderfallen.

Samir ruft an. Er verzweifelt. Er schafft die Stückzahl nicht.

»Die Kistenböden brechen und die Paketgriffe reißen ab!«

»Mir ist es genauso gegangen«, sagst du ihm und versuchst zu erklären, in welchen Bahnen und Überlappungen er das Paketband kleben soll, um die Kisten für die Extra-Retouren zu reparieren. Aber übers Telefon klappen die Erklärungen nicht. Du fragst, ob ihr euch bald zum Paintball-Spielen trefft oder zu einem gemeinsamen Spaziergang.

»Ich würde gern, aber leider«, ist seine Antwort, »die Familie, die Kinder, die Arbeit.«

Deine Stirn liegt auf den Handrücken. Der Nacken tut weh, beim Aufsetzen zieht der schmerzende Muskelstrang bis zum Steißbein hinunter, als steckte die Wirbelsäule wie ein brennender Pfeil senkrecht in deinem Körper. Du siehst verschwommen. Du rollst den Kopf bis zur Schulter, sofort krampfen beide Schultern hoch.

Du erinnerst dich an die Form einer alten Zukunft. Alle Uhren zeigen eine andere Zeit an. Die Zeit verschwimmt, unterbrochen von Fantasien davon, wie es sein wird, zum Kiosk zu gehen, Zeitungen zu kaufen und die Stellenanzeigen zu durchforsten. Aber wonach suchst du? Wo musst du dich melden? Was passiert jetzt eigentlich?

Es ist kaum noch etwas zu essen zu Hause, die Dusche tropft. Im Müllsack rotten die Obstschalen, der Geruch zieht durchs Zimmer. Mief sammelt sich in bestimmten Ecken, während Duft sich gleichmäßig verteilt.

Du hast keine Kraft aufzuhalten, dass alles durcheinanderkommt.

Eure beiden Computer, in all ihren Teilen, sitzen wie zwei seltsame Wesen auf den Tischen.

Du klebst auf dem Boden. Am Punkt null gibt es keinen Grund, sich zu bewegen. Du rutschst zu einem der drei Fenster, legst den Kopf an die Heizungsrohre, betrachtest ein Stück Blau. Du zählst die Flugzeuge und Vögel, siehst den Wolken beim Sich-Vorbeischieben zu. Dieser Himmel sieht aus, als hätte er nichts mit dir zu tun, als gäbe es hinter ihm nur Dunkelheit. Du ziehst dich in den Schatten zurück. Du sehnst dich nach etwas, an das du glaubst, zurück.

Vanessa wird bald von der Schicht heimkommen.

»Ich habe meine Arbeit verloren«, wirst du ihr sagen.

Sie wird dich umarmen.

»Ich weiß, sie haben es mir erzählt.«

Der Obstkorb vor dir ist mit Kirschen gefüllt, die Stängel stehen wie Insektenbeine ab. Kerne liegen auf dem Tisch. Ein Weintraubenberg wartet in der Schüssel, farblich sortiert: rot, grün, lila.

Du weißt, sie wird sagen, dass ihr das schafft. Doch du denkst, dass sie bald möchte, dass du dich mehr um die Wohnung kümmerst oder dass du bessere Laune hast, wenn sie von der Arbeit kommt. Und an manchen Tagen wirst du es versuchen und es wird dir sogar gelingen, doch immer weniger wirst du einen Beginn finden für das, was du dir vornimmst. Dein Kopf wird überladen sein und zugleich wirst du nichts zu erzählen haben.

Und irgendwann wirst du von ihr abhängig sein, weil dir nicht klar ist, was dein Ziel ist, jeden Tag wirst du weniger wissen, wer du bist. Nach den Paketdienstjahren bist du ausgespuckt und es gibt keine Belohnung, kein Danach, das glitzert. Niemand wartet auf dich.

Würde dich Vanessa verlassen? Was wird, wenn ihr euch die Wohnung nicht mehr leisten könnt? Zu deinen Eltern zurückzuziehen ist keine Option. In einer Welt, in der alles teuer ist, hast du für deine Freiheit geschuftet, und nun soll das alles nutzlos gewesen sein? Du siehst Verzweigungen, unzählige Pfade, die von dir wegführen, siehst, dass parallele Möglichkeiten in dir existieren. Die Zukunft ist immer woanders. Die Optionen sind real, die Welt hier vor dir wie ein Traum. Deine Entlassung wird Vanessa enttäuschen.

»Wie war dein Tag?«, fragt Vanessa und lässt Jacke und Rucksack fallen.

Du überlegst, dir fallen keine Details ein wie sonst immer, du sagst: »Normal.«

Wenn du längere Zeit allein bist, fährt die Abwehr hinunter, die Sinne verlieren ihre Hornhaut. Ohne schützende Härte zwischen den Nerven und der Welt berührt dich jeder Kontakt, jede Begegnung. Du spürst, wo Lücken offen und Masken rissig sind, an welcher Stelle Angriffsfläche entsteht, doch heute kannst du Vanessa nicht lesen. Weiß sie bereits von deiner Entlassung? Wie sollst du es ihr mitteilen? Du beginnst dich von außen zu sehen, bist nicht mehr in dir drin.

Ihr lehnt euch übers Fensterbrett, die Blicke streifen entlang der beleuchteten Fenster gegenüber im Hof. Einer der letzten Frühlingstage, die Sommerhitze hat schon einen Fuß in der Tür. Die Abendstunde, die die Menschen blau aussehen lässt, das Joggerpaar, wie es unten vorüberhastet. Gewitter ziehen auf, flacher Wind, entfernte Blitze, aufgespannte Schirme wandern vorbei, die Nächte im Juni sind hell. Zwischen den Platten im Hof wächst ab und zu ein Halm, Gräser treiben aus.

Vanessa zeigt dir ausgerissene Magazinseiten, die sie aus dem Bus mitgenommen hat: Fantasielandschaften mit schwebenden Häusern und Regenbögen, Graffitimauern einer anderen Stadt. Es wirkt gewohnt, wie an einem eurer vielen Abende. Wahrscheinlich geduldet sie sich, bis du von dir aus etwas sagst. Wie kannst du dich überwinden?

Kühler Bierschaum, du trinkst und wartest, bis Flimmern in deinen Kopf einzieht. Du magst die Mattheit, sie vernebelt den Blick, schaltet den Verstand einen Gang zurück.

Ihr quatscht über peinliche Passwörter, darüber, Fremden an E-Mail-Adressen zu schreiben, die in einem Inserat abgedruckt sind, und darüber, ob es Unterschiede gibt zwischen E-Mails und Briefen. Ihr sucht eure eigenen Namen im Internet, eure virtuellen Spiegelbilder, weil ihr euch fragt, was sie über euch verraten, wenn euch jemand suchen würde, ihr findet aber weder was von ihr noch von dir, nur einen Fußballspieler und eine Käsefirmenmarke, nichts deutet auf euch hin.

Ihr schweigt zusammen und raucht. Vanessa erlaubt sich Pausen, bemüht sich, in dieser Zeit an nichts anderes zu denken, nichts anderes zu machen, nur zu atmen, sie sagt, für sie entstehen beim Rauchen die Entscheidungen automatisch. Sie konzentriert sich auf einen unbestimmten Punkt. Die Zigarette ist wie eine Sanduhr, die eine Entscheidung immer näher rücken lässt. Die Glut brennt die Zeit weg. Sie dreht den Stummel gegen das Glas, wirft ihn in die Schüssel voller schwimmender Reste, ins Asche-Regenwasser, und schließt das Fenster.

»Du, Edin, ich muss dir was sagen«, Vanessa pustet den Rauch aus.

Eure Blicke treffen sich. Du kannst nicht standhalten, schaust auf die Narbe über ihrer Augenbraue.

Vanessa fährt mit der Hand durch ihren Kurzhaarschnitt, verlagert das Gewicht von einem Bein aufs andere. Sie schmunzelt, zieht die Hand aus der Hosentasche und streckt sie dir hin, selbstsicher, als würde sie ihr junges Alter nur spielen, als wäre sie unerschütterlich.

»Ich will die Welt besser machen, wenigstens meinen Bereich. Ich bin befördert worden.«

Sie habe keine Lust mehr auf die Abteilung, in der sie alle immer noch als Lehrling sehen.

Du nimmst ihre Hand, eine Begrüßung zwischen Fremden.

»Wow!«, tönt es vor Aufregung nur zwischen Hals und Nase aus dir und du wirkst kleiner, als du bist.

»Ich werde Abteilungsleiterin. Wir werden eine Vermittlung aufbauen, eine digitale Plattform für internationalen Warenverkehr«, sagt sie, »sie haben mich gefragt und ich werde das Angebot annehmen.«

Niemand ist dafür besser geeignet als Vanessa. Wenn sie will, kann sie einfach abheben, wie ein Gasballon. Nur eine Schnur, ein Geschenkband in Silber, hält sie an die

Erde gebunden, damit sie nicht in die Unendlichkeit davonschwebt. Dort oben hat sie Windstille und Ruhe, kann auf die Situationen herunterschauen. Von dort oben, sagt sie, sieht sie wie in einem Schachspiel die anderen Figuren und ihre eigenen Optionen, um ins Geschehen einzugreifen. Wenn sie sich sicher ist, was sie machen will, holt sie sich an der Ballonleine wieder auf den Boden herunter und folgt den Wegen ihrer Wahl, setzt ihre Entscheidungen in der Wirklichkeit um. Sie meint, dass sie sich niemals Sorgen macht, denn von dort oben sieht sie auch: Das meiste ist nur heiße Luft.

Du liebst Vanessas Leichtigkeit, wenn sie manchmal auf dich abfärbt, und du hasst ihre Leichtigkeit, denn aus dir selbst herausholen kannst du sie nicht.

Ein paar schwarzgraue Flocken schwimmen auf der Bieroberfläche. Als Vanessa die Zigarettenasche bemerkt, fängt sie die Aschepunkte gezielt mit dem Finger heraus und trinkt einen Schluck.

»Gratuliere dir«, antwortest du nach einer Pause, »das ist toll«, du versuchst, ihr ein gutes Gefühl zu geben, ziehst die Mundwinkel hoch und probierst dich ehrlich für sie zu freuen, aber kannst ihren Blick immer noch nicht erwidern.

Du siehst Vanessa die Ellenbogen aufs Fensterbrett stützen, sie betrachtet den sprießenden Baum im Hof. Ihr Gesicht legt sie in ihre großen Hände, mit denen sie geschickt die Welt bewegt, bloß mit einer winzigen Bewegung scheint alles, was sie sich vorstellen kann, zum Greifen nah. Du bewunderst Vanessa, sie traut sich, sie greift auch nach den Sternen.

Du streckst deine Finger weit aus, mit deinen kleinen Händen versuchst du zuzugreifen, doch wenn du nachschaust, ist darin nichts hängen geblieben, deine Hände sind leer.

Vanessa raschelt in ihrem Rucksack, legt einen Stapel Zeitungen auf den Tisch, sie sind bei den Stellenanzeigen aufgeschlagen. Manche hat sie mit Leuchtstift für dich markiert.

Sie isst die letzten grünen und lila Weintrauben, du hörst die Schalen zwischen ihren Zähnen platzen.

Vanessa flüstert: »Wir schaffen das.«

IV

Du begreifst, dass es entschieden ist. Es gibt kein Zurück, ein scharfer, präziser Schnitt. Du bist arbeitslos gemeldet. Du hast deine restlichen Urlaubstage abgewartet, dich beim Arbeitsmarktservice gemeldet, Formulare ausgefüllt.

Du blätterst durch deinen Kalender, das alte Korsett, das dich aufrecht gehalten hat. Jeden erledigten Tag hast du durchgestrichen. Deine Wege durch die Orte, durch die Zeit und durch die Menschen. Du kannst dich kaum an einen dieser Tage erinnern.

Seit du die Halle vor einigen Wochen verlassen hast, hast du dich nicht getraut, den Rucksack auszupacken. Du greifst in den Beutel, wühlst mit deiner Hand bis zum fusseligen Grund. Du bewegst deine Hand zwischen weichgedrückten Kanten hindurch ins Ungewisse, streifst Taschentücher, holst Bierdeckel mit Aschemustern ausgedrückter Zigaretten und mit fettbefleckten Notizen hervor. Vergessene Telefonnummern, Uhrzeitengekrakel, eine herausgetrennte Werbung, Brotpapier, zerrissene Quittungen, ein Schuhsohlenabdruck findet sich darauf, und unter einem Kirschkern ertastest du in einer Ecke ein Polaroidfoto und einen halben Geldschein, auf ihm die verkritzelte Zeichnung eines Clownkopfes. Er streckt die Zunge heraus, eine Augenbraue hochgezogen. Schicht für Schicht, Situation für Situation befülltest du den Rucksack mit Gegenständen eines Lebens, dessen Teil du gewesen bist.

Das Fotopapier wölbt sich. Die Kanten graben sich in deine Fingerkuppen. Du lässt wieder locker, es wirkt, als würden sich die Menschen auf der Bildfläche regen. Das Foto zeigt Gang fünfundzwanzig der Lagerhalle. Es ist das letzte Bild, das einzige Bild, im Alltag schien dir alles so normal, als ob es nichts Besonderes festzuhalten gegeben hätte. Du bist nur bis zur Nasenwurzel am unteren Bildrand zu sehen. Es war früh und kalt, die Leute waren mies gelaunt am Mittwochmorgen. Es ist dein einziges Bild von ihnen, es ist das Bild, durch das du dich an sie erinnerst. Sie fallen aus deiner Erinnerung. Jeder weitere Tag entfernt Einzelheiten. Samir ist hinter dir, du hast ihn aufgehalten auf dem Weg von der Verpackungsstation, die Paketbandrolle hängt noch um sein Handgelenk. Mit einem Bein steht er am Gabelhubwagen, an dessen Griff er sich anhält, das andere Bein baumelt in der Luft, den Körper lehnt er so weit wie möglich nach außen. Zeige- und Mittelfinger streckt er zum Victory-Zeichen, er ist der Einzige, der grinst.

Du spürst deine stille Traurigkeit im Hals. Niemals hättest du gekündigt. Du dachtest, niemals kündigen sie dich, das passiert vielleicht anderen, und wenn, dann gibt es einen Grund, einen Grund, für den sie selbst verantwortlich sind. Nun bist du der, den die Maschinen herausgefiltert haben, der sein Pensum nicht geschafft hat.

»Irgendwann wird sich alles bezahlt machen«, hast du gedacht.

Auf etwas hinarbeiten, Paket für Paket, Schritt für Schritt. Geschätzt werden, Teil des Betriebs sein, Gehaltserhöhungen, eine geräumige Wohnung, Ersparnisse aufbauen, eine eigene Familie, der du ein gutes Leben bieten kannst. Du fragst dich, wo diese Hoffnungen nun plötzlich sind.

In deinem alten Kalender streichst du alle damals bereits eingeteilten Schichten und ausgemachten Urlaubstage durch. Du bist so wichtigen Zielen nachgelaufen. Was passiert ohne diese Kraft? Niemand drängt von außen, nichts drängt im Inneren. Du hast den Schlüssel zu deinem Kartenhaus verloren.

Das offene Fenster schwankt im Wind. Lärm dringt ein. Das Rauschen, nach dem die Welt klingt. Es saust und dröhnt in der Luft. Gewichtsloser Müll streicht vom Wind bewegt über den Boden. Ein konstanter Luftzug zwischen den Mauern, Windstöße im Lüftungsschacht, Gurren, Jalousie-Lamellen prallen gegeneinander, Flügelschläge gegen Taubenkörper, dünne Ästchen, die zwischen den Betonplatten emporwachsen wollen, Knacken und die zarten Echos dieses Geräuschs. Das Klirren des Glasmüllwagens, das Kreischen der Mittagsvögel, eine weit entfernte Baustelle hinter den Hausmauern des Hofs, eingesperrtes Wasser im Abfluss, Quaken der Innenhofkröte aus dem blättrigen Geäst, eine vorbeiziehende Menschengruppe murmelt, Klavierakkorde enden mit dem Schließen einer Tür, das Tosen und Knattern eines Motorrads, ein Nachbar, der eine Melodie pfeift, er hüpft über die Treppen an den Gangfenstern vorbei, Gummisohlenschritte auf Beton, ein Fahrradschloss klirrt, Ketten schlagen gegen eine Fahrradstange, ein Fahrradständer schnappt ein, das schwere Tor fällt in den Rahmen und zittert von der Erschütterung, ein blecherner Muezzinruf aus einem Handylautsprecher, Blätter wehen sanft, eine

Menschenmenge grölt mehrmals und lässt den Lärm wieder verklingen, der Ton einer Fußballsendung, Kanarienvögel zirpen aus dem oberen Stockwerk, Kirchenglocken, eine Frau räuspert sich, Staubsauger verschiedener Tonhöhen heulen wie Sirenen.

Arbeitsmarktservice. Bei deinen verpflichtenden Terminen nennen sie dich »Kunde«.

»Bitte setzen Sie sich!«, sagt der Berater bestimmt und weist dir den Stuhl zu, den du zurechtrückst, bevor du dich niederlässt.

Wenn der Berater dich mustert, durchdringt er dich, bezwingt dich, weist dich in die Schranken, zerbricht deine Maske, schaut in dich hinein.

»Ihr Rücken schmerzt? Haben Sie Atteste? Besorgen Sie eine Bestätigung!«

»In Ihrem Berufsfeld gibt es viele Suchende, eine hohe Nachfrage nach Stellen. Manchmal funktioniert die Vermittlung innerhalb von Tagen. Manchmal ist es schwer. Kennen Sie wen, der Sie persönlich empfehlen kann?«

»Sie sind jung, und trotzdem … Was ist mit dem Attest? Können oder wollen Sie keinen Termin beim Arzt bekommen?«

Er bemitleidet dich, in jeder Sekunde des Kontakts bist du in seinen Augen ein Zwerg. Auch wenn er es vielleicht gut meint, dir helfen, dich motivieren will, die Messlatte ist der Arbeitsmarkt. Dein Körper ist ein Krampf, ein hartes Brett.

Telefon-Warteschleifen, Warten im Warteraum, Warten auf die Formulare, Warten auf den Stempel, Warten auf Bestätigung, Warten auf Absagen, Warten, das Warten ersetzt das Arbeiten.

Was sind deine Kraft, dein Können wert? Was bist du wert? Wer bist du, wenn du deine Kraft nicht gibst, nicht geben kannst, weil sie an keinem Ort benötigt wird? Wenn es niemanden gibt, der sie will? Was ist, wenn du diese Kraft nicht mehr hast? Was bist du ohne Arbeit wert?

Du fühlst dich wie die Ausschussware im Container, die wegen irgendeines Irrtums nicht passt, und niemand weiß, was damit angefangen werden soll, die nur extra Porto, Lagerplatz oder Arbeitsstunden kostet, jedenfalls Probleme macht. Du liegst im Gitterwagen und hoffst, dass dich jemand entdeckt, herausnimmt, einsetzt und an die richtige Adresse schickt.

Du sollst dir vorstellen, was die Firmen suchen, was das Besondere an dir ist, warum du der perfekte Mitarbeiter für sie sein kannst. Keine Ahnung. Du bist nicht aufgefallen, nicht beim Sport oder in der Schule, nicht in der Lehre, nicht im Betrieb.

Aufregungsflecken steigen dir schon beim Gedanken an eine Bewerbung ins Gesicht. Disponent für internationalen Landverkehr im Luftfrachtbüro, Lagermitarbeiter mit Hochregalerfahrung und SAP in der Pharmaindustrie, Kommissionierer im Warenhaus, Einkäufer für Kunden im Supermarktlager, Stapelfahrer.

Lebenslauf mit persönlichen Daten, Fähigkeiten und Sprachen, Liste der Tätigkeiten. Motivationsschreiben, maximal dreihundert Wörter, Verdeutlichung der Qualifikationen und der Ziele sowie des Bezugs zur Firmenphilosophie.

Du siehst dein Leben wie Tetris. Tektonische Platten an Vorhaben, die sich stündlich verschieben und gegeneinanderkrachen. Sich nicht entscheiden können, immer wieder neu wählen, immer wieder alle Ausgänge durchspielen und einen der Wege einschlagen. Termine, Orte, Menschen, Gedanken rechtzeitig in die richtige Position balancieren, und sind sie mal da, fallen die nächsten Steine herunter. Und so fallen sie und fallen und bald ziehen die synthetischen Töne des Tetris-Liedes dich in ihre Endlosschleife. Es scheint niemals eine Lösung zu geben, das Ende führt wieder zum Beginn. Du hast keine Lust mehr zu spielen und dann scheiterst du am Level und bleibst einfach immer im ersten Level oder vielleicht kommst du auch mal bis zum dritten, aber weiter nicht, weil es kein Gewinnen gibt, immer nur noch mehr Steine in schwierigeren Formen.

Postleitzahlen, Uhrzeiten, Maße, Handynummern, Berufsjahre, Türnummern, Ablaufdaten, Fristen, Altersbegrenzungen, Bruttomonatslohn, Seitenzahlen, Buslinien, Wochenstunden, Uniformgrößen.

Wie willst du deine wachen Stunden verbringen? Könntest du pendeln, müsstest du dir ein Auto kaufen? Könntest du von diesem Lohn leben? Bist du bereit, für noch weniger zu arbeiten? Sind die Chancen auf eine Einladung zum Vorstellungsgespräch dann höher? Müsstest du in eine andere Stadt ziehen? Würdest du alles hinter dir lassen? Würdest du Freunde finden? Würdest du die Landessprache lernen? Wäre dir diese Stelle wichtig genug, um wieder ganz unten anzufangen, der Neue zu sein? Könntest du dich beweisen? Und was, wenn sie dir wirklich die Stelle zusagen? Gibt es dann noch Möglichkeit für Widerspruch? Wie wirst du leben? Wo darin ist Vanessa?

Mit jeder Bewerbung machst du Pläne, spinnst Zukünfte, überlegst neue Routinen, spielst die Tagesabläufe durch.

Du lenkst dich mit einer Bewerbung von der anderen ab, anstatt dich sofort wieder schlafen zu legen. Die Zeit zerreißt dich, sie verstreicht, langsam, schnell, merklich, heimlich, du musst alles mit dir selbst ausmachen. Sammeln, suchen, Aufgaben ordnen, dir selbst sagen, was zu erledigen ist, was das alles überhaupt für einen Sinn hat, mit dir selbst übers Aufstehen streiten. Du versuchst Motivation für Motivationsschreiben zu finden. Und irgendwann ist eine Bewerbung fertig und du zweifelst, ob das Geschriebene gut sein kann, ob es jetzt tatsächlich fertig ist oder ob du nicht doch noch Energie hineinstecken solltest, wer weiß, was die anderen vorlegen, deine Konkurrenz.

Du wirst sagen, was du dir vorstellst, und du wirst sagen, du wärst in einem guten Alter, und du wirst wissen, dass du als Schichtleiter einsteigen willst, zum ersten Mal im Leben wirst du wissen, was du willst und wer du bist.

Du verbringst deine Zeit mit Vorbereitungen auf potenzielle Vorstellungsgespräche, mit Übungen aus dem Internet: Du sollst dich aus der Distanz sehen. Du sollst lernen, dich selbst objektiv zu beurteilen. Stell dir vor, dir selbst gegenüberzusitzen, und beschreibe, was du siehst und was es noch zu verbessern gäbe! Wechsle die Perspektive, visualisiere, wohin du möchtest! Du willst alle nötigen Werkzeuge in den Händen halten, alles Wissen und Können aufsaugen, mit dem diese neue Realität zu bewältigen ist.

Im Forum liest du, jeder Traum sei mit harter Arbeit, Ausdauer und Rückschlägen verbunden, aber solange man ein Ziel habe, würde man sich entpuppen, zum Schmetterling werden, jeder entwickle sich, mit der Zeit reife die Persönlichkeit durch harte Arbeit, jede Person sei eine Baustelle. Zuerst brauche man ein Gerüst, wenn man sich selbst nicht sicher sei, rüttle jede Absage und Kritik an diesem Gerüst, man baue Stein für Stein an der Mauer und später zusätzlich am finanziellen Keller, den man nach und nach ausheben kann. Unantastbar werden, keinen Angriffspunkt bieten, sich gut verkaufen, ins Image, in die Darstellung des Selbst investieren, Herausforderungen, deutliche Nachrichten auf Anrufbeantwortern hinterlassen, nachtelefonieren. Dankbar sein, nochmals die Chance zu bekommen, das Leben neu zu gestalten. Die Arbeit bestehe daraus, sich zu bewerben. Das Leben: ein langes Bewerbungsgespräch. Erfolg haben, eine Stelle bekommen, sogar wenn es nur ein kurzer Zeitraum ist. Chancen nutzen, jeden Moment könne aus jeder Himmelsrichtung die nächste Gelegenheit um die Ecke biegen. Genug wollen, sich nicht zufriedengeben, dann erreiche man alles, was man sich vorgenommen hat.

»Was wollen Sie? Was suchen Sie denn? Was sind die Ereignisse in Ihrem Leben, die Ihnen Profil geben?«

Ja sagen sowie Nein, sich entscheiden, wählen. Man müsse sich nur genau genug kennen, sich bewusst werden. Vierundzwanzig Stunden in einen Spiegel starren, alles in Frage stellen. Der Zwang, in sich zu wühlen. Eine Position außerhalb seiner selbst finden und nur selten in sich schlüpfen, um berührbar, verletzbar zu sein. Und zugleich ganz man selbst sein, voller Leidenschaft für die Sache. Was du gestern noch von dir gedacht hast, stimmt heute nicht und wird morgen von gestern sein.

Du besorgst noch mehr Kuverts, schreibst eine Vorlage und fertigst händisch zehn Kopien, danach nochmal so viele im Copyshop, ganz spät am Abend, damit niemand dich und deine Bewerbungen beobachten kann. Du lässt die schwarz-weißen Seiten drucken. Um Kosten zu sparen, lässt du das bedruckte Papier umdrehen und nutzt die Rückseiten auch.

Dein Foto in Buntdruck, ein eigenes Blatt. Du lochst jedes Papier und schiebst sie eines nach dem anderen auf die Mappenhalter. Du schaust noch öfter alles durch, findest im Lebenslauf einen Fehler. Du druckst die Seite für jede der Mappen nochmal, nimmst die Mappen auseinander und tauschst die Kopien aus. Du schiebst sie vor das Arbeitszeugnis, liest es oft durch und suchst in dir nach dem hochgelobten Menschen in diesem Schreiben, der du angeblich gewesen bist. Das Zimmer ist voller Zettel, zwanzig Bewerbungen. Du schneidest die Kuverts in Form, versuchst sie so schmal wie möglich zu kriegen. Wenn sie durch den Probeschlitz bei der Post passen, ist es billiger. Du klebst sie mit Paketband zu, mehrmals, damit sie ganz bestimmt nicht reißen. Du besprühst die Kuverts mit Parfum, streichst nochmals darüber und wünschst dir, dass sie dir Glück bringen und nicht in Papierkörben landen.

Jeder Zettel ist nicht einfach nur ein Zettel, mit jedem Buchstaben drehst du deine Ansicht und windest dich so lange, bis deine Augen die Augen vieler sind. Du hast Bewerbungen für zwanzig Stellen verschickt, zwanzig Einwilligungen, anders zu leben.

Du wünschst dir wenigstens einen Brief, wenigstens eine Zusage, wenigstens eine Einladung zu einem Gespräch. Immer um drei Uhr, wenn der Bote da war, hoffst du, doch ziehst nur Werbesendungen aus dem Postfach. Du suchst zwischen den Prospekten nach Briefen. Du suchst alles immer wieder durch. Du darfst nichts übersehen. Bei fehlender Rückmeldung melden sich die kein zweites Mal bei einem Bewerber.

Keine Antworten, keine Absagen. Der Anblick des leeren Postfachs hat wochenlang wehgetan. Niemand sucht und niemand findet dich. Wenn du eine Bewerbung abschickst, hast du dir das so genau überlegt, dass du gekränkt bist, wenn sie unbeantwortet bleibt. Die Echos werden schwächer und du lässt die Zukunftsfantasien nach und nach wieder sterben. Langsam sinken sie ein, keine Antwort hält sie davon ab.

Du schiebst. Der Berg wird immer steiler, auch im Schlaf hältst du die Kugel, die alles auf dem Weg in sich aufnimmt. Wie an einem Schneeball bleibt die Zeit an ihr kleben. Du wünschst dir, niemand sein zu müssen, niemanden darstellen zu sollen, niemanden mit dir mitzuschleppen, in die weiße Masse einzutauchen und in ihr zu verschwinden, ohne hieb- und stichfeste Antworten auf Fragen, in einem Leben, für das du den Kompass verloren hast.

Plötzlich erreicht dich eine Einladung zu einem Vorstellungsgespräch. Deine Nerven liegen unter Seidenpapier, das mit jedem Windzug beinahe reißt. Du freust dich auf eine Chance, auf einen Platz.

Und deine Panik vor diesem Treffen steigert sich, Sterbensangst vor einem Büro wie vor einer Bühne, auf der du dich präsentierst, und jeder im Zuschauerraum weiß, wie sehr du für diese Möglichkeit gekämpft hast. Deine Gespenster kommen mit dir und warten bereits in jedem der Zimmer, die du betreten wirst. Du greifst in deinen Schrank voller Gesichter, um dich dahinter zu verstecken, wirst zu dieser Maske, die am Gesicht anwächst. Du traust dich nicht in den Spiegel zu schauen.

Du machst plötzlich einen Schritt zur Seite. Der Schneeball rollt den Berg hinab, aus deinem Blickfeld, vielleicht ist er zerschellt. Was passiert ohne das Gewicht auf deinen Armen und Schultern?

Du gehst nicht zum Termin.

Die Untersuchung entschuldigt dein Nichterscheinen.

Der Arzt sagt: »Sie sollten überlegen, wie Sie weitermachen, wenn Sie sich nicht den Rücken komplett ruinieren wollen. Gibt es andere Berufsmöglichkeiten?«

Wenn du dich mit deinem Körper nicht mehr für deinen Beruf bewerben kannst, was bleibt dir?

Der AMS-Berater überprüft das Attest und meint: »Da haben wir's also. Es wäre eventuell möglich, Sie umzuschulen. Was können Sie sich vorstellen? Was interessiert Sie denn?«

Du kannst nur antworten: »Keine Ahnung, das hab' ich mir noch nie überlegt.«

Er gibt dir eine Broschüre.

Du hast verlernt, den Boden unter den Füßen zu behalten. Du hast verlernt, durchs Leben zu gehen. Die Fußsohlen sind erschöpft am Berührungspunkt mit der Erde. Die Haut ist so trocken, dass sie zwischen den Zehen reißt und der ganze Fuß wie nasser Sand auseinanderbricht. Du ignorierst die Tatsachen und versuchst weiterzuschreiten.

Du hörst Vanessas Schlüssel in der Tür. Die Schuhe streift sie mit den ersten Schritten über die Schwelle von den Füßen ab, sie bleibt an der Wohnungstür stehen, zieht die Herbstjacke aus. Sie landet auf dem Boden. Sie ist noch nie im Feinstrickpullover und mit Ohrringen von der Arbeit heimgekommen.

»Du bist schon da?«, fragt sie dich.

Wenn Vanessa aufgeregt ist, wirkt es, als könne sie

gar nicht erwarten, was auf sie zukommt, sie spricht schnell.

Du wartest, weißt nicht recht, wohin du deinen Blick wenden sollst.

»Und? Hat sich jemand bei dir gemeldet?«

Du schüttelst den Kopf.

»Was hast du heute gemacht?«, fragt sie.

Du lächelst, schluckst. Du willst dich verstecken.

»Ich war einkaufen«, sagst du.

Vanessa bemerkt bestimmt die Kleinigkeiten, die Gegenstände, die herumstehen, du hast die letzten Tage hier verbracht. Es ist dir, als könntest du die wenigen Handlungen im Raum stehen sehen, unabhängig vom Körper, der sie ausgeführt hat. Dazwischen glänzen Verpackungsfolien von Schmerzmitteln, die du jetzt nicht mehr brauchst, denn der Rücken ist unauffällig, er hält dich wie vorgesehen. Die Kraft in deinen Händen nimmt jetzt schon ab. Sie sind bereits weich und schwach geworden. Die Schwielen gehen zurück. Du kannst dein Gesicht in diesen Klauen zur Gänze vergraben, kein Stück schaut heraus. Du warst es gewohnt, die Gräben mit Arbeit zuzuschütten, dieses Füllmaterial gibt es nun nicht mehr. Was tust du ohne die Gewohnheiten, an denen entlang du bisher sicher durchs Leben gegangen bist? Alle Wochentage sind als Sonntage verkleidet.

Aus dem Gefrierschrank zieht eine eiskalte Wolke, Vanessa nimmt frische Packs heraus, blaue Kältepacks gegen Schmerzen, einige Eisscheiben lösen sich. Der Kühlschrank brummt. Sie dreht ihn ein Grad hinunter, der Motor verstummt.

Vanessa wendet dir den Rücken zu. Sie streift den Pullover über den Körper, der Kopf bleibt im Halsausschnitt stecken. Sie zieht fest, bis sie es endlich aus der Öffnung schafft. Ihre Haare heben sich elektrisiert, ihre Ohren sind gerötet.

»Nur kurz!«, sagt sie, dreht sich um und lässt sich rücklings auf die Matratze fallen.

Sie strampelt die Hose von den Beinen, legt die Decke über die Hüften, schiebt den Schmerzpack in die Höhle unter der Wirbelsäule und streckt beide Arme zu den Seiten aus. So bleibt sie reglos liegen. Die dunkelblaue Wolle ihres Pullovers riecht nach Staub und Rauch. Wie immer, wenn sie von der Schicht kommt, schläft sie mit dunklen Rändern unter den Nägeln ein. Vanessa dreht sich zur Seite. Die Knie zum Bauch gezogen, den Arm abgewinkelt vorm Oberkörper, das Gesicht ruht in den Händen. Sie wirkt angestrengter als früher.

Du ertappst dich beim Gedanken, ob in ihr wohl jemals ein Zweifel aufkommt. Und du weißt, dass sie nichts lieber als ihre Arbeit tut.

Deine Hände liegen da, als wollten sie schlafen. Es scheint dir, als wäre das erst mit der Zeit so geworden, als hätten sie mit jedem Tag ihre Lust am Leben verloren. Du fächerst die Finger auf, die Knochen drücken sich unter der Haut hervor. Die Muskeln zeichnen sich dazwischen ab. Wenn du Geduld findest und mit den Fingern der einen Hand über die Finger der anderen Hand streichst, den Druck aus der Berührung nimmst, hält dein ganzer Körper still.

Du drehst sie, die Handflächen, du drehst sie, die Handrücken nach oben, du wiederholst den Vorgang, alles normal, das ist die echte Welt.

Du beobachtest dein Handy, das sich durch die Vibration über den Boden weiterbewegt, als wolle es davonlaufen, als würde der Anruf dich nichts angehen. Eine unbekannte Nummer auf dem Display. Kann es der Rückruf auf eine der Bewerbungen sein? Deine Finger zittern. Du hebst nicht ab, bis die Nummer auf dem Bildschirm einfriert. Das Licht erlischt. Du wartest.

Du drückst mit dem Daumen in die Tasten des Handys. Die Elektroden übersetzen die Bewegung in schwarze Schrift auf dem grün leuchtenden Schirm, durchlaufende Buchstaben. Du holst die Nummer zurück auf die Handyanzeige. Du löschst die Zahlen wieder.

Nichts zu gewinnen, nichts zu verlieren. Ohne Aufgabe siehst du den Stunden beim Vorübergehen zu, der Sonne beim Wandern. Flirrende, ineinanderzappelnde Linien streichen über die Wände. Die Strahlen brechen sich auf der Oberfläche eines Wasserglases.

So viele Videokassetten hast du aufgenommen und nicht angeschaut. So viele Spaziergänge verschoben, so viele Menschen nicht angerufen, von denen du dachtest, ihr würdet euch doch vielleicht ganz gut verstehen. Das Sonnenlicht kriecht langsam deinen Körper entlang aufwärts. Die Helligkeit, ein kurzer Stich in den Augen. Mit der Handfläche hältst du sie von dir weg. Du spreizt leicht die Finger, es blendet wieder, du siehst nichts.

Kartoffelschäler, Gemüsemesser, Brotmesser, Föhn, Stanleymesser, sie liegen an ihren üblichen Plätzen. Sie fallen dir plötzlich auf. Das Sonnenuntergangslicht trifft den Schrank. Wie bei Wolken kannst du in der Holzmaserung Figuren, Augen und Münder erkennen.

Von der Schrankkante schaut dein kleiner Plastiksuperheld auf dich herunter. Zwischen Staubflusen ballt er immer noch die Fäuste, lässt die Muskeln spielen im enganliegenden Kostüm. Mit einem Hebel kann man seine Arme hochklappen und sie schnellen plötzlich ausgestreckt wie zum Start in den grenzenlosen Himmel hoch. Seinen Blick richtet er entschlossen in die Ferne.

In deiner Kindheit ist er immer in deiner Nähe, er ist dein Begleiter und bereit, dir zu helfen, du spielst mit ihm.

Du erinnerst dich: Du bist ein dünnes, blasses Kind. Du sollst essen, du sollst mutiger sein, du sollst Fußball spielen, du sollst dir die richtigen Freunde suchen, sonst wird das nie was in Zukunft, sonst nimmt dich später niemand in einen Beruf auf, sonst wächst du nie und wirst nie zum Mann. Wenn du nicht stärker wirst, wirst du kein Geld verdienen, keine Wohnung haben, keine Partnerin finden, die dich liebt. Wie wirst du deine Familie erhalten? Wie wirst du dich verteidigen gegenüber denen, die alles haben und alles sind? Vorwürfe klingen in den Tönen der Erwachsenen mit. Doch mit dem Helden in deiner Hosentasche schießt du ein Tor nach dem anderen beim Fußball.

»Er ist nicht gut im Rechnen. Worin ist er denn gut? Was kann das Kind?«

»Teamspiele.«

»Spiele werden ihm in der echten Welt aber nicht helfen!«, hörst du durch den Wohnzimmertürspalt, als die Eltern von dir reden und denken, du bekommst es nicht mit. Du rutschst an ihren Oberflächen ab wie an nassen Fischen. Dich umgibt die Nervosität der Erwachsenen, aber du kannst den Ursprung noch nicht zuordnen.

So viele Nachrichten auf dem Anrufbeantworter und Termine im Kalender, Probleme auf Baustellen, die sofort gelöst werden sollen, die Zeit drängt stets. Und der Vater mit Werkzeug, Eimern, Brettern und Leitern steigt in den Kastenwagen. Er muss arbeiten. Ihr habt die Verantwortung gegenüber der Familie, der ihr monatlich Geld schickt. Du lässt ihn gehen, siehst ihn vom Fenster aus, wie er zu den Baustellen davonfährt und sie zu Häusern macht.

Der Klang der Straße vorm Fenster, gleichmäßiges Rauschen, Autoreifen über Bodenschwellen, Wartende an der Bushaltestelle. Dein Ort ist dir fremd, wie auch der Geruch deines Kopfpolsters, wenn du deine Nase darin vergräbst. Du beobachtest, du spürst nichts. Es ist dir, als würdest du aus dir heraussteigen und verschwinden. Mit dem Plastikhelden neben dem Polster schläfst du ein.

Du wirfst die Arme um dich, läufst im Kreis um den Tisch, springst im Rhythmus der Popmusik, nimmst die Formen von Tieren, Bäumen, Gebäuden, anderen Menschen an, zwischen denen du wechselst, du wächst in viele Richtungen. Du spiegelst dich in der Glasscheibe des Schranks, auch in der Glasscheibe des Fernsehers, der direkt daneben steht. Manchmal verblüfft dich dein

Spiegelbild, sodass du auf einmal alles sonst vergisst. Du stoppst und schaust dich an, aus dem Spiel wird Ernst. Du begreifst, dass der, der sich durch das Wohnzimmer bewegt hat, du bist und dass du die Kraft hast, dich für die Dauer beider Seiten einer Musikkassette zu verwandeln. Du drehst lauter und tanzt für deine Spiegelbilder, so lange, bis jemand sich über die Lautstärke beschwert. Du sinkst auf den weichen Teppichboden und schaltest einen Muskel nach dem anderen aus. Die schöne, müde Stille.

Die Lehrerin korrigiert deine Aussprache: »Lesen deine Eltern nicht mit dir?«

Wenn du sprichst, schaust du dich gleich darauf um, als würdest du dein Echo suchen, du dämpfst die Lautstärke, um den nächsten Satz wieder schallend zu beginnen und ihn zurückzuziehen.

»Nein, wir schauen fern und ich mag das Radio.«

Die Lehrerin nickt. Wenn du in der Schule eine Aufgabe nicht begreifst, lobt sie dich trotzdem. Du willst ihr Mitleid nicht. Wenn jemand eine wunde Stelle streift, wirst du eiskalt, ganz plötzlich. Deine Hülle federt jeden Einschlag ab.

Mit dem Helden, der auf dich aufpasst, schaffst du fast alle Punkte beim Rechentest.

Wenn zu Hause alle beschäftigt sind, willst du lesen üben, doch tut sich die Gelegenheit auf, hilfst du lieber beim Bauen der Familienhäuser der Kunden deines Vaters mit. Fast jedes Wochenende baut ihr. Du siehst den Männern zu, wie sie sich geschickt bewegen, die Gewichte balancieren, ihre flüssigen Handbewegungen bei den

Arbeiten, ihre sicheren Tritte beim Klettern auf den Gerüsten. Auf den Leitern halten sie das Gleichgewicht. Sie haben die Macht, große Maschinen zu bedienen. Du willst einer von ihnen sein. Dein Vater sagt dir die Regeln, du darfst mithelfen, doch er bestimmt, wo es zu gefährlich für dich ist, weil du ein Kind bist. Ihr bringt Mörtel vom Bauhaus, schichtet Ziegel für Ziegel, schleppt Last für Last.

Die Männer grüßen dich, aber sprechen zu dir in sanftem Ton, loben dich, du bist behilflich. Vor einer soliden Mauer fällst du auf. Du sprichst dorthin, wo es zurückhallt.

Auf einer der Baustellen, mit den Schuttkübeln werkend, stolperst du. Dein Bein tut fürchterlich weh. Auch wenn sie dir sagen, dass die Knochen wieder zusammenwachsen, glaubst du dennoch, das Bein könnte ganz abfallen.

Im Rettungsauto streicht dein Vater dir über den Kopf und schaut aus dem Fenster. Du traust dich und nimmst seine von Kleber und Farbe verkrustete Hand, sie berührt deine hart und zärtlich zugleich. Und als hätte er nur auf ein Zeichen gewartet, drückt er dich fest an sich. Du umklammerst ihn. Er ist warm und die Haare unter seinem Hemd machen ihn weich. Sein Atem ist genauso schnell wieder deiner. Du kannst kaum glauben, dass er auch Angst hat. Es ist, als gäbe er deiner Haltlosigkeit Form und nähme sie dir dadurch ab.

Später, als du mit dem Gips ins Krankenbett steigst, klopft er dir auf die Schulter: »Du bist tüchtig. Ich bin stolz auf dich.«

Deine Eltern sagen, sie wollen das Beste für dich: »Du sollst glücklich sein. Alles, was wir machen, ist für dich.«

Glück bedeutet: ein sicherer, vorgezeichneter Weg.

»Ich werd's euch zeigen!«, denkst du und streckst die Fäuste in den Himmel. Du spielst, wie du der Schnellste beim Sprinten bist, wie du Unmengen essen kannst, wie du die Anführer der Klasse vermöbelst. Du stellst dir vor, unzerstörbar zu sein, dein Körper, hart wie ein Diamant, schmettert jeden Angriff ab, kein Riss macht ihn berührbar. Du spielst, wie du eine Villa, ein Auto und eine dicke Geldbörse hast, aus der du großzügig an den Kassen dieser Welt bezahlst.

Du bist ein dünnes, blasses Kind und wirst dich dennoch behaupten. Es ist nur eine Frage deiner Kraft. Du erinnerst dich daran, den Körper vor dir hergehen zu sehen, gelegentlich anzuschieben, du wirst zum Beobachter dieses Körpers. Die Erinnerungen scheinen dir realer als alles andere im Moment. Die Stille um dich weicht alte Krusten auf.

Die Superheldenfigur hat sich verändert, das Plastik hat einen alten Geruch angenommen, die Farben sind vergilbt, die Oberfläche wirkt klebrig. Du stellst ihn mit erhobenen Armen auf den Tisch, spannst den Finger und schnippst ihn an. Nur durch einen Schubs kann er umfallen.

Körper, Gesten, Blicke, die dich geformt haben, kaum tauchen sie auf, erlöschen sie, zerstäuben in ihre Einzelteile. Sie haben Abdrücke hinterlassen, die ausgebeulten Stellen gehen wie Schaumstoff langsam, fast unmerkbar in ihre neuen Formen über. Die wenigen, die dich jemals berührt haben, sind in dir gespeichert. Eine tröstliche Umarmung. Schulterklopfen, gut gemacht. Das Knie eines Gegners im Bauch. Handschlag, etwas ist abgemacht. Eine kalte Hand streichelt über deine Wange. Warmer Hauch. Finger streichen deine Wirbelsäule entlang. Haltlos, wie flüssiger Teig zerlaufen, nichts fängt ihn auf. In deiner Rolle gehalten werden, mit all ihren Mauern und Türen.

Vanessa erzählt von einem wiederkehrenden Traum. Sie ist darin ein Baby, wird von jemandem getragen und dieser Jemand lässt sie fallen. Auf welchen Untergrund sie fällt, ist immer anders und auch nicht wichtig, aber wie lang sie dort liegt, ist unerträglich ungewiss. Irgendwann im Traum wird sie wieder aufgehoben, manchmal aber auch nicht.

Vanessa meint: »Vorm Fallengelassenwerden fürchte ich mich, aber nicht mit dir. Du bist da und deshalb bleibe ich.«

In Umarmungen bewahrst du sie vorm Fallen, und sie gibt dir ein Zuhause.

Eine gemeinsame Geste, verschieden befüllt.

Du schnappst nach Luft. Das Wasser läuft, du wartest, bis es sich erwärmt hat. Du greifst nach der Seife, einem gelben, an seinen Kanten bereits abgeschmirgelten Quadrat. Der Seifenkörper schmilzt zwischen den glitschigen Handflächen. Du spürst, wie die Haut schrumpelt. Du duschst die vergangenen Wochen vom Körper. Du wäschst deine Hände, dein Gesicht. Du schämst dich. Wie kannst du es zulassen, so neben dir zu stehen? Unter deinen Füßen fließt das Seifenwasser in die Kanäle der Stadt. Schaum gerät in dein Auge. Du zielst mit dem Wasserstrahl direkt auf den Schmerzpunkt. Beim Versuch, das Auge zu öffnen, drücken sich die Lider wie von selbst wieder zu. Du stehst bis zum Knöchel im Wasser, drehst am Wasserhahn. Du wickelst dich ins Badetuch, zitterst vor Kälte, krümmst dich, als würdest du in deiner Mitte etwas schützen wollen.

Du nimmst deine Haare und schneidest in ein Büschel nach dem anderen. An den Seiten rasierst du die Haare ab, in der Mitte des Kopfes lässt du von der Stirn bis zum Nacken einen Streifen stehen. Du kürzt die ungleiche Länge auf drei Fingerbreit. Du stellst sie gegen die Wuchsrichtung auf, die kurzen Haare rutschen zwischen den Fingern. Du streichst über deinen Hinterkopf wie durch fremdes Haar. Dein Kopf, der Kopf eines fremden Manns.

Staubschlieren auf dem Boden, deine Haare winden sich über die Fliesen, manchmal zu Bündeln verheddert. Wie viel kann eine Person abwerfen, was aufgeben, um noch dieselbe Person zu sein? Teile deines Ichs stecken im Haar, in den Hautschuppen. Du denkst an einen Weberknecht. Wenn er alle Beine verliert, bleibt ein Rumpf, reglos, auch wenn er weiterklettern will.

Es fällt dir schwer, dich aufrecht zu halten. Aber du hältst dich dennoch. Blaue Aderstränge schimmern an deinen Oberschenkeln durch die Haut. Der Herzschlag lässt manche Teile deines Körpers beben. Du wunderst dich, dass er keine Risse in dein Gerüst schlägt. Dein Rücken vibriert vor Anstrengung. Dein Körper ohne Arbeit ist eine Wunde, die du mit Kleidung verbinden musst.

Vanessa ist aufgewacht. Du hörst das Knarren des Bettrahmens. Sie streckt sich und stöhnt auf. Du hörst ihre Schritte.

Du legst die Schere ins Regal neben den Zahnputzbecher zu den vielen Zahnbürsten. Vanessa benutzt jeden Wochentag eine andere Farbe. Sie sagt, so weiß sie die Wochentage auseinanderzuhalten. Der Montag ist zum Beispiel blau.

Gasflammenwärme erfüllt das Zimmer, als du aus dem Bad trittst. Das Wasser dampft. Das ausströmende Gas unterm Topf zischt leise. Das Wasser perlt und rauscht.

»Hast du gut geschlafen?«, fragst du sie.

Vanessa raschelt mit dem Backpapier, klirrt mit einer Tasse in der Spüle, nickt: »Ja, danke.«

Eine gefrorene Pizza liegt auf dem Tiefkühlkarton. Vanessa breitet Backpapier auf dem Blech aus. Du behältst sie aus dem Augenwinkel im Blick. Vanessa unterbricht und wendet sich zu dir.

»Der Haarschnitt steht dir gut, ein Iro!«, sie streicht dir durch den Haarstreifen.

Das Backrohr strahlt Wärme aus. Du kehrst die Haare von der Handschaufel in den Müll unter der Spüle. Ihr weicht einander aus.

Vanessa gießt Tee in ihr Kristallglas. Sie ist achtsam. Wenn du eines der Kristallgläser berührst, fürchtest du, dass es durch den Druck deiner Hände in tausend scharfe Scherben zu Bruch gehen könnte. Wenn du heißes Wasser einfüllst, bist du vorsichtig, weil du dir vorstellst, das feine Glas könnte platzen wie eine Glühbirne, auf die kaltes Wasser spritzt. Vanessa benutzt die Gläser andauernd. Die Teegläser werden in ihrer Familie untereinander weitergegeben. Es heißt, die Besitzerin soll ein warmes Getränk aus dem Kristallglas trinken und sie erhält neue Kraft. Du hast den Eindruck, es funktioniert bei Vanessa. Sie glaubt daran.

Am Tisch sackt sie auf den Stuhl und greift zum Gemüsemesser. Die Klinge schneidet scharf und gerade durch die ineinanderliegenden Strukturen, bis das Schneidbrett die Klinge stoppt. Unter den Paradeiserhälften quellen Saft und Kerne hervor. Sie vertieft sich ins Zwiebelschneiden, in die sich wiederholenden Bewegungsabläufe.

Ihr hört durch die Wand aus der Nachbarwohnung jede Regung, jeden Schritt. Die Nachbarin räuspert sich. Sie hat Besuch von einem Mann. Der Mann hat eine tiefe Stimme, fast genauso wie die Nachbarin. Die Worte kannst du nicht verstehen.

Von der anderen Nachbarseite hallt ein Klackern herüber. Der Nachbar spielt Pingpong gegen die Wand. Der Ball prallt gegen die Ziegelmauer. Der gleichmäßige Rhythmus ist die Stimme im Mauerwerk.

Vanessa setzt den Daumen an und zieht das Gemüsemesser, von den restlichen Fingern umklammert, die Karotte entlang hinunter. Sie schält bedacht, bis die Karotte blank vor ihr liegt. Sie säbelt Scheibe für Scheibe, die Fingerkuppen nah an der Klinge. Die Schnitten wirft sie in die Glasschale. Sie schaut kurz auf.

»Edin, heute war mein erster Tag, das weißt du. Es ist, als würde dich das gar nicht interessieren.«

Du bist durcheinander, in den eigenen Fäden verwirrt.

Als du Luft zum Sprechen holst, weiten sich Vanessas Augen, ihre Stirn legt sich in Falten. Du weichst ihrem Blick aus, schaust auf deine Hände oder knapp neben ihr Gesicht.

Und du weißt, dass ihre Stille die ganze Zeit schon bedeutet, dass sie ihre Freude über die Beförderung zurückhält. Und du hättest gern, dass du dich mit ihr über ihren ersten Tag als Abteilungsleiterin freuen kannst. Sie ist mutig. Sie hat ihren Aktionen eine Richtung gegeben, hat ihre Wege dort hingebogen, wo Erfolg für sie zu erobern ist. Weil sie sich richtig entschieden hat, weil sie wusste, dass sie das kann. Und du würdest gern für sie da sein, aber es gelingt dir nicht.

Du schaust aus dem Fenster.

Die Paprika klingt hohl, als Vanessa das Messer ansetzt. Sie zieht es durchs grüne Fruchtfleisch. Saftiger Geruch entströmt. Die Paprika fällt in vier Teile. Vanessa schabt den weichen Kamm mit den Kernen heraus.

Du sitzt auf einem wackeligen Stuhl, hältst die Beine umklammert zum Körper gezogen und starrst eines deiner Knie an. Deine Stimme ist noch immer im Hals gefangen.

Backgeruch breitet sich aus.

Ihr sitzt einander zugewandt.

Du raffst Mut zusammen, sammelst die Worte im Mund: »Ich freue mich für dich«, sagst du.

Deine Schultern sinken. Du hältst dich selbst an den Händen, umschließt mit der linken deine rechte Hand.

Nun schaut Vanessa aus dem Fenster und du kannst ihr dabei zusehen, wie die Gedanken an ihr vorbeiziehen, sie ist ernst wie selten. Sie streicht sich links und rechts über den Hals und presst die Finger danach auf die Lippen. Sie berührt sich sachte, wenn sie nachdenkt.

Sie steht langsam auf, öffnet ein Fenster. Ein Nachtfalter flattert durch den Raum. Vanessa kniet sich zu dir auf Augenhöhe vor den Stuhl.

Du siehst sie an.

Sie umarmt dich fest. Du bewunderst sie. Vanessa durchschreitet jedes Chaos. Sie sucht die begehbaren Stellen und setzt ihren nächsten Schritt hinein. Sie geht sogar noch ins Zentrum des Wirbelsturms, bis zu dir. Ihr Atem ist sicher. Du weichst erschrocken zurück. Du kannst nichts entgegenhalten, ihre Stärke löscht dich aus. Du würdest gern, aber kannst nicht anders reagieren. Ihr löst euch voneinander.

»Es wird schnell gehen, du wirst sehen!«, beschwichtigt sie dich.

Sie schaut an dir vorüber, als sie aufsteht und sich wieder auf ihren Platz setzt, sie redet weiter, wie nebenbei. Sie meint, sie würde in ihrer Abteilung die Ohren offen halten. Du müssest nur im richtigen Moment aufspringen. Schade, dass du nicht den Softwarekurs damals mit ihr abgesessen hättest, sondern stattdessen Überstunden gewählt hast, sonst wärst du jetzt auch für EDV qualifiziert.

Ihr reißt beide Stücke aus der warmen Pizza. Rote Paradeiserflecken kleben um eure Münder. Du hörst euch in die Ränder beißen, den knusprigen Teig zwischen euren Zähnen, hörst die Volumen deines und ihres Mundes, die Kraft, die das Material zerstampft, die Schluckbewegungen, die Windungen der Organismen. Du schiebst alle Brösel mit dem Unterarm vom Tisch.

Atemhaut
Track B

V

An den Schiebereglern, Schädelstruktur breiter ziehen. Bestätigen. *Klick.* Wangenknochen polstern, *klick*, Nasenflügel weiten, *klick*, den Mund etwas schief ziehen, *klick*, Felltextur ändern. Bestätigen. *Klick.* Augentextur ersetzen. *Klick.* Bestätigen. *Klick.* Kombination in *Body Parts* speichern. Dreihundert DNA-Punkte werden automatisch abgebucht. Kahle Stellen von Kämpfen und die Narben trägst du als deine Trophäen. Appearance ändern, *klick. Enter Body.* Du spürst den Code, aus dem du gemacht bist, doch viel mehr noch macht die Steuerung den Körper aus. Das bist du. Energie sammeln und die Tastenkombination zum Brüllen drücken. Dein resoluter Gang auf Heldenbeinen.

Enter. Die Straßenbeleuchtung um das Fabrikgelände ist wieder mal ausgefallen. Scheinwerfer bohren ihre Kegel durch die Nacht. Du wirfst eine Energiekugel ein, um für ein paar Schritte besser sehen zu können. Plötzlich schiebt sich die Erdoberfläche aus deinem Blick und weicht metallischen Reflexionen. Du rutschst durch einen Magic Mirror in einen Bunker. Sobald du wieder Boden unter den Füßen hast, suchst du sofort ein Versteck. Du bist in der Kommandozentrale angelangt, in einem schäbigen Raum. Vor dem Pult hängt die Gebäudekarte. Irgendwo auf diesem Gelände existiert sie: die Schwelle. Alt, F und 1, du suchst die unmittelbare Umgebung mit deinem Radar nach anderen Wesen ab. Du bist allein.

Deine Hände, diese Werkzeuge, gesteuert vom Tempo des eigenen Atems, greifen in die Räume. Du stellst dir vor, wie es wäre, die Umgebungen zu berühren. Alle Oberflächen sind glatt und temperaturlos.

Du läufst aus dem Kontrollraum, bist in einem Tempel unter der Erde. Im Gewölbe spenden Kerzen in Kronleuchtern Licht. Im flackernden Schein glänzt eine geflutete Bahnstation. Pflanzen wachsen hüfthoch aus den Mauern. Und du hüpfst in einen Bahngleisschacht, willst auf den unterirdischen Gleisen weiter, aber stößt gegen eine unsichtbare Wand. Keine Chance, egal wie du deinen Wolf lenkst, du prallst an dieser Barriere ab. Weiße Blitze in deinen Augen.

Der Computer ist heiß gelaufen, die Lüftung arbeitet laut. Du hast Lust, wen umzulegen, einfach so, zum Spaß. Maschinengewehr nachladen. Alt, G und 5, du klopfst in die schmierige Tastatur. Sie ist ein Klavier, deine Finger spielen deine Handlungen darauf wie ein Lied. Der kleine Finger springt von 5 zu 9. Neunzig Grad wenden. Und da: Eine Gestalt erscheint, ihre Körperhaltung wie kurz vor dem Sprung. Ein Zombie befreit sich aus einem U-Bahn-Wrack. Du lässt ihn herankommen. Sein Gesicht tropft von den Knochen, mit weit aufgerissenem Mund stolpert er dir über die Gleise entgegen.

Du weißt, deine Pfade sind so programmiert, dass du die Option hast, ein Held zu sein. Wenn es sein muss, legst du dich mit jedem Monster an. Im echten Leben gibt es keine Pfade, von denen du weißt, dass sie am Ende zum Ziel führen, wenn du ihnen folgst. Wenn du denkst, du bist in einer Spur, ist da immer etwas Neues abseits des Vorhabens, und wenn du denkst, dass da nichts ist, treibt das Nichts etwas anderes hervor. Du musst stets nach Handlungsoptionen suchen und es gibt meist nur einen Versuch.

G und 1 halten: Außen-Perspektive. Du ziehst die Ansicht aus der Ego-Perspektive deines Wolfs in die Übersicht. Aus der Vogelperspektive kannst du die gesamte Situation betrachten, siehst deinen Wolf dem Zombie gegenüberstehen und die komplette Munition auf ihn ballern. Du lässt die Tasten los, der Blick springt wieder in den Körper.

Was passiert? Stockendes Summen aus dem CD-Rom-Laufwerk, das Bild zittert, der verpixelte Zombie vor dir, die Situation friert ein und löst sich in ihre Bildpunkte auf. Mit dem Bild fällst auch du auseinander. Die Tasten reagieren nicht. Das Programm hat sich aufgehängt. Dein Heldenmoment ist gestohlen!

Du presst deine Hände zu Fäusten, kannst sie noch zur Seite reißen und haust mit der Faust knapp neben die Tastatur. Schmerz schießt in die Handknochen.

»Scheiße!«

Der Schrei füllt den Raum. Du pustest die Wut eines Enttäuschten aus den Nüstern. Du nimmst Anlauf, rennst gegen die Scheibe deiner eigenen Welt, prallst ab, Stockdunkelheit, du siehst nichts. Du musst dich beherrschen, um die Tasten nicht einzuschlagen. Und wie immer bei Lärm klopft die Nachbarin wild gegen die Mauer. Dein Hals brennt. Du hustest, schluckst ein paarmal, stürmst zum Fenster und reißt es auf. Ein Sturm fegt vorbei, Hagelkörner trommeln aufs Fensterblech, auf den Hofboden, auf die Nachbarfenster. Du fröstelst, eine Gewitterwolke über dir, es regnet, stürmt, blitzt, du verlierst dich, bist einem Feld ausgesetzt und weißt nicht, in welche Richtung du davonrennen sollst.

Der Innenhof ist ein Xylophon, Hagel spielt auf den Mülltonnendeckeln, die Kübel verstärken das Geräusch. Beim Aufprall zerschellen die Körner, springen ab, erzeugen Echos, wo sie hinfallen. Das Prasseln wird zum weißen Rauschen. Die Rinnen plätschern, ein heller Bach. Regentropfen zerteilen scharf die Oberfläche einer Lache. Herein strömt feuchte Luft. Die Tropfen streifen die Blätter des Ahornbaumes im Hof, platschen von Gebäudevorsprüngen auf Fenstersimse hinab auf den glitschigen Beton, in die aufgeweichte Erde, wo die spitzen Eisscherben schmelzen. Vom Regen sind Geräusche übrig, wie Tropfen in ein kleines Gefäß, niedliche Geräusche, sie klingen, als würde man die Lippen zwischen die Zähne nehmen und mit leichtem Luftdruck den Mund von innen aufpusten. Du bist außer Kontrolle geraten. Du presst deine Hände ans kalte Glas.

Du drehst dich um. Dein Pass, deine Tasche, Holzmöbel, der alte Samtsessel, auf der Tischfläche verdorrt ein halber Apfel, wie lange er da wohl schon liegt? Tassenränder haben sich abgezeichnet. Butterfingerspuren auf dem Glas, sogar die Linien der Fingerabdrücke sind zu erkennen. Der Schatten des Philodendrons lässt ihn größer scheinen, als er ist. Aus diesen Fenstern hast du geschaut und beinahe vergessen, was du gesehen hast. Auf diesem Boden bist du gegangen, auf diesem Sessel gesessen, kaum eine Erinnerung daran. Vor dieser Waschmaschine hast du gewartet und gerätselt, wann sie nach zehn Stunden defektem Waschvorgang endlich fertig sein wird. In diesen Spiegel hast du geblickt und weißt nicht mehr, wen du gesehen hast.

Du erinnerst dich an den Einzug in diese Einzimmerwohnung mit Vanessa. Es war kurz nachdem ihr erfahren hattet, dass euch der Betrieb beide nach der Lehre aufnimmt: Vanessa lehnte sich neben dich ans Fensterbrett, sie hielt dir eine Flasche Bier unter die Nase. Sie zog die Augenbrauen hoch. Sie hob ihre Flasche, forderte dich zum Anstoßen auf. Eine Spur zu schwungvoll, die Flaschen klirrten, dem Zerbrechen nahe. Vanessas Lachen löste die Spannung. Du stimmtest ein. Erst zaghaft, dann aus vollem Hals. Vom Lachen habt ihr Schluckauf bekommen, ihr habt versucht, nicht daran zu denken, damit ihr wieder normal atmen könnt. Du kennst Vanessas Körper, den Rhythmus ihres Gesichts. Nach einer langen Nacht vorm Bildschirm bekommt sie einen leichten Silberblick. Es gab so vieles neu zu entdecken.

Mittlerweile kennst du den Raum, ihr habt eure Bewegungen an die Wände, Abstände und Möbel angepasst. Zu Hause ist, wenn du dich selbst im Dunkeln nirgends mehr stößt. Der Raum erschreckt dich nicht, zu keiner Jahreszeit, bei keinem Wetter, bei keinem Licht. Du möchtest bleiben und immer wieder zurückkehren. Du denkst an dein Zuhause, wenn du nicht da bist, im Gegensatz zu so vielen Orten, die du kennst und an die du nicht denkst. Zu Hause folgst du deinen Gewohnheiten wie Spuren im Boden. Eure Handlungen spiegeln sich im Raum wider, jede Tätigkeit schreibt sich ein, Wege, die ihr zurückgelegt habt, Vanessas Armlänge, deine Sitzhöhe, die Platzierungen der Gegenstände, sie bilden die Bedürfnisse ab. Gegenstände in Bezug zu anderen Gegenständen, als würden ihre Beziehungen Regeln folgen, ähnlich den Regeln einer Sprache, all diese wirren Linien ziehen sich durch den Raum. Einzelheiten hier und da bemerken, Fundstücke einreihen und zu Sinnklumpen kleben. Atem aufnehmen und ausstoßen, die Feuchtigkeit, die Temperatur, Dinge, die ihr zu euch geholt habt, die mit euch sind, eure Wahrnehmung bevölkern. Sie haben ihre Plätze gefunden. Und so habt ihr euch über den Raum ausgebreitet, habt die Möbel und Gegenstände nach den Gewohnheiten und Körpern ausgerichtet.

Wie Plastilin formst du den Inhalt, fügst Farben hinzu oder versuchst manche wieder zu entfernen. Sie vermischen sich in Schlieren, bis die letzte mögliche Farbe übrig bleibt, Vanessas und deine Welt.

Es ist so voll geworden mit der Zeit. Irgendwo wartet sie bereits, eure Dreizimmerwohnung, doch der Umzug ist in weite Ferne gerückt.

Die Sonne ist aus dem Zimmer gegangen. Dein Blick fällt auf zwei Polster, sie sind hinter das Regal geklemmt. Es sind alte Firmen-Weihnachtsgeschenke, die ihr nicht brauchen könnt. Polster aus Latex, die eure Wirbelsäulen im Schlaf stützen sollten. Um auf dem Bauch zu schlafen, sind sie aber viel zu hart und zu hoch, und ihr bekommt erst recht Kreuzweh. Du zerrst die Polster hervor. Das Regal wackelt. Du drückst die Finger, die Handballen in den kalten, synthetischen Teig, der sich anfühlt wie eine Fettschicht, von künstlicher Haut überzogen. Dein eingebeulter Abdruck im Polster hebt sich langsam in seine ursprüngliche Form zurück. Du drückst nochmal, nun mit der ganzen Hand, du lehnst dich mit deinem Gewicht darauf, spürst die Wärme, die du hineingepresst hast, zurückstrahlen. Du legst deinen Kopf auf die Stelle und schließt die Augen, stellst dir den Raum zwischen deinen Ohren vor, konzentrierst dich auf die Weite hinter deiner Stirn. Du erinnerst dich ans Brummen, Vibrieren und Pumpen, du erinnerst dich an den Klang der Maschinen, an gleichmäßige Motoren, die dich in die Zukunft transportieren wollten.

Was früher so selbstverständlich war, ist jetzt nicht mehr sicher. Du willst dich um Vanessa kümmern. Du willst, dass sie stolz auf dich ist. In ihren Augen willst du perfekt sein. Du willst Vanessa das Frühstück ans Bett bringen, ihre Wünsche vor deine stellen, sie beim Zocken gewinnen lassen, damit sie zufrieden ist. Du sehnst dich nach einem gemeinsamen Arbeitsweg, wenn ihr jemals wieder für dieselbe Schicht eingeteilt sein könntet. Du freust dich darauf, nicht ans Atmen zu denken, darauf, dich nicht vorm Ersticken zu fürchten, du wünschst dir, dass es wieder leicht wird. Das nächste Aufwachen an einem Feiertag, Dunst von Nachmittagskaffee weckt dich nach einer Nachtschicht, du hast jetzt schon Lust aufs Mittagsfrühstück, auf eure Gemeinschaft, die sich ohne mühsame Planung einfach ergibt, ohne den Zwang, sich unterhalten zu müssen, ohne den anderen immer wieder von Neuem zu wählen, denn ihr habt euch füreinander entschieden, ihr möchtet zusammen sein. Die einundzwanzig Quadratmeter sind euch nicht zu eng, ihr kommt euch nicht in die Quere und wenn, dann weicht ihr aus, ihr schlaft nebeneinander, erzählt euch von Erfolgen, esst beim Fernsehen Kekse und fegt die Brösel von der Decke, manchmal streitet ihr und sonntags geht ihr in den Park. Ihr schweigt miteinander. Mit jemandem auch schweigen zu können, ist schön.

Du weißt noch, dass Vanessa immer wieder gefragt hat: »Wo bist du?«, obwohl du neben ihr gesessen bist.

Du wusstest nicht, was sie meinen könnte, hast keine Veränderung bemerkt.

Wenn du sagtest: »Hier«, dann antwortete sie: »Es wirkt manchmal, als wärst du irgendwo anders.«

»Tut mir leid«, lenktest du so schnell wie möglich ab.

Ein Baukasten aus Körperteilen, ineinandergesteckt, so liegt ihr am Morgen. Nur wenige Zentimeter rückst du Vanessa mit geschlossenen Augen entgegen. An deinem Bauch spürst du ihren Rücken. Ihr lehnt euch aneinander oder gegeneinander. Du schlägst die Augen auf und bist nicht sicher, welcher Fuß, welche Hand nun deine ist. Der Ausschnitt eines T-Shirts zeichnet sich auf ihrer nackten Haut ab. Du ziehst ihre Haare zwischen deinen Fingern durch, sie fallen über dein Tattoo, ein Schwert am Handgelenk. Du streichelst ihren Arm, am Ende der Bewegung verschränken sich die Finger. Deine Haut reagiert, ist offene Fläche. An ihrer Wärme lädst du dich auf. Ihr ruhiges Herz pocht ganz deutlich neben deinem. Sie halten sich gegenseitig im Takt. Ihr seid ein Menschenknäuel, verwickelt. Du weißt, wenn du dich bewegst, kommt die Ordnung durcheinander, deshalb bewegst du dich noch nicht, du schläfst nochmals ein. Zwei Steine.

Du stellst dir vor, Vanessa könnte dich verlassen, wäre für immer weg.

Dein Körper ist plötzlich heiß. Du brauchst Zahlen, um dich zu vergewissern, dass du in Ordnung bist. Temperatur messen, alle paar Sekunden schaust du, wie sich das Quecksilber ausdehnt, wie es in der Drehung im Licht glänzt. 36,2, 36,3, 36,4, 36,5, 36,6. Normaltemperatur. Du schüttelst die Anzeige wieder herunter.

VI

Du steckst die Plastikkarte, die dich mit deinem Geld verbindet, in den Schlitz des Automaten. Aufregung beim Tippen, du erinnerst dich an den Code als eingeübte Bewegung deiner Finger auf der Tastatur, 1-9-9-9.

Die Maschine summt. Der Ladebalken auf dem Bildschirm bewegt sich immer wieder auf und ab, verarbeitet den Auftrag weiter. Du drückst verschiedene Tasten. Fehlermeldung: Der angeforderte Betrag ist nicht verfügbar. Es ist nur Schrift auf einem Bildschirm, aber sie hat Macht über deine Welt. Das Gerät nimmt dir die Freiheit, schrumpft dich zum Punkt. Es schaltet auf den Startbildschirm zurück.

Du trittst gegen die Mauer, in die das Gerät eingebaut ist, haust einmal mit der Hand gegen den Rahmen, die Maschine bleibt hart. Das Herz pocht bereits in deinem Schädel, als wären die Scheine die letzte Rettung, der letzte Halm, an den du dich klammern kannst.

Und wie es der Automat jeden Tag unzählige Male macht, schiebt er die Karte wieder heraus. Du ziehst sie über den letzten Widerstand.

Du betrittst die Bankfiliale. Wenige Kunden warten vor mehreren Beratern, von denen zwei beschäftigt sind. An Pulten tippen sie in Computer. Die Bodenmarkierung, zwei Fußsymbole, zeigt, wo Bankkunden zu warten haben.

»Willkommen«, »Wir freuen uns über Ihren Besuch«, »Danke für Ihre Treue«, Worthüllen schallen von allen Seiten, ihre Bedeutungen ausgehöhlt, sie sind Stellvertreter, ohne ihren Inhalt zu meinen, wiederholte Maschinenphrasen, Abläufe, Jas und Neins, Erfolge und Fehler. Du hältst dich an Anweisungen, ohne Ausnahmen, tauchst in der Anonymität unter, verschwindest in Bewegungen, die schon von so vielen vor dir ausgeführt worden sind.

Nach einigen Sekunden Wartezeit schaut die Beraterin zu dir auf: »Wie kann ich Ihnen helfen?«, stoische Ruhe, professionelle Freundlichkeit.

Geister, die sie wie fremde Wesen bewohnen, Mimik, die sich Platz nimmt in ihrem Gesicht.

Egal, was mit dir ist, es wird bei ihr dieselbe Reaktion hervorrufen.

»Darf ich Sie um die Karte und Ihren Ausweis bitten?«

Du gibst ihr den Ausweis, sie tippt.

»Wie ich sehe, haben Sie hundertfünfzig Schilling auf dem Konto.«

»Keine Überweisungen?«, du stoppst dich, bevor du vom Arbeitsmarktservice weitersprichst.

»Leider nicht. Vielleicht wird es am Monatsbeginn überwiesen? Wollen Sie das Geld beheben?«

Du nickst und schnaubst den angestauten Ärger aus, damit er nicht zu kochen beginnt in dir.

»Haben Sie schon von unserem Bausparvertrag für Geringverdiener gehört?«, fragt die Bankberaterin vorsichtig, sie traut sich nicht, dir ins Gesicht zu schauen.

»Tut mir leid, ich muss das fragen«, fügt sie noch leise hinzu, »Sie können sich jederzeit melden.«

Sie schiebt dir zwei Scheine, einige Münzen, die Karte und den Ausweis hin. Du faltest eilig die Scheine und stopfst sie in die Geldbörse. Zwischen den anderen Karten deiner Geldbörse fällt ein schmieriger Zettel heraus, die Visitenkarte der Personalerin, bei der du dich damals für die Lehre beworben hast, verblichen und abgewetzt. Du lässt sie auf dem Boden liegen.

Du gräbst deine Finger zwischen die Münzen in der Börse. Deine Hände riechen nach Kupfer und Silber und nach vielen anderen Händen. Geld stinkt, besonders an den Fingerkuppen.

Die Haare deiner Mutter liegen in weißer Paste am Kopf wie ein Helm. Um die Schultern trägt sie ein Handtuch. Das Färbemittel riecht beißend und der Dampf reizt die Augen. Das frisierte Haar schimmert, es glänzt fast blau.

»Kannst du mir Geld borgen, Mama?«

Du weigerst dich, ihr deinen Kontoauszug zu zeigen.

Sie rührt im Reis mit Hackfleisch auf dem Herd und weint Tränen in die heiße Pfanne.

»Ist das Eierspeisbrot gut? Die Paradeiser sind frisch vom Markt. Wie ist der Tee?«

Als die Tränen ins Öl tropfen, zischen und verdunsten sie.

Deine Mutter wiederholt die Erzählung, warum ihr eure Heimat verlassen habt: »Dein Vater hat keine Aufträge bekommen«, sie korrigiert sich: »Aufträge schon, aber kein Geld.«

Sie spricht von »eurer Heimat« als Ort woanders, und du weißt, deine Heimat ist hier.

Deine Eltern hätten alles zusammengekratzt, sie hätten die Vorzeichen erkannt. Es sei nicht leicht gewesen fortzugehen, aber dein Vater habe einen Bekannten hier gehabt, für den er arbeiten konnte, er habe auch klein begonnen und jetzt besitze er seine eigene Firma. Und sie selbst wäre im Laufe der Zeit auch zufrieden geworden mit der Arbeit.

»Wir sind dem Krieg mit Geld entkommen«, ermahnt sie dich, »du kannst dir nicht vorstellen, was wir alles zurückgelassen haben! Wir haben den Weg für dich bereitet, es ist an dir, ihn weiterzugehen.«

Du gleichst den Druck aus, verbiegst dich in die Form des Platzes, den du findest, du lebst in einem Bild.

Du erinnerst dich: Dein Lehrabschluss als Fachkraft für Lagerlogistik lässt die Eltern ruhig schlafen.

»Durchkommen«, sagen sie, »die Lehre ist ein solider Beginn.«

Arbeit ist mit Lohn, Geld mit Sicherheit in Freiheit verbunden. Sie überwachen dein Konto, die Ein- und Ausgänge. Sie haben Angst um dich. Nie sehen sie, dass du gut genug bist, manchmal sogar der Beste der Lehrlingsklasse. Die Arbeit hast du nie in Frage gestellt, du hast alles gegeben. Du bist der Erste, der die Arbeitswoche beginnt, und du verlässt als Letzter die Schicht, räumst Heruntergefallenes zurück, säuberst den Boden von zu Bruch gegangenen Gegenständen, die Ware passiert wieder und wieder einen geordneten Raum, jeden Tag aufs Neue alles auf Anfang. Im Betrieb hast du deinen Platz.

Niemals würdest du vor deinen Eltern eine zu lange Pause auf einem bequemen Stuhl verbringen, ihr verachtet das Faulsein, weil es eigentlich niemals ein Ende der Arbeit gibt. Es fällt dir andauernd ein, was es noch zu tun gäbe. Du wehrst dich gegen die Ruhe, bis sie dich endlich doch irgendwann überfällt. Deine Tage haben Uhrzeiten, Routinen, Aufgaben, sie bringen Bewegung auf dein Konto, die Tage ohne Arbeit haben keinen Sinn.

Wenn du davon redest, was dich beschäftigt, verstehen dich deine Eltern nicht. Du könntest von den Chaträumen berichten, von deiner neuen E-Mail-Adresse, den neuen Klingelton-Downloads auf deinem Handy, von der digitalen Stadt im Ozean. Doch du versuchst nicht mehr, ihnen etwas zu erklären. Die Eltern sind alt, wie Boten aus einer anderen Zeit. Sie können nicht einsehen, dass sie keine Antworten für dich haben.

Und so auch jetzt.

»Kannst du nicht einfach wieder in die Firma zurück? Frag doch noch einmal! Steig über deinen Schatten!«, deine Mutter bohrt weiter.

Wenn sie deine Realität ignoriert, einen anderen in dir sieht, um dich anschauen zu können, empfindest du ihren Blick als eine der höchsten Strafen. Es ist das Gefühl, falsch zu sein. Du hast den Platz verloren, für den deine Eltern so hart für dich gekämpft haben. Rote Flecken kriechen deinen Hals entlang ins Gesicht. Dein Blick wandert immer wieder zu den Durchgängen in den Wänden, durch die jeder und alles hereingelangen kann. Du bist nervös, wenn Türen offenstehen. Dein Puls schnellt auf einmal hoch. Er findet seine Ruhe nicht wieder, bevor die Türen nicht geschlossen sind. Du schließt alle Türen und Fenster.

Beim Abschied sagst du: »Danke für das Geld. Wenn ihr alt seid, werde ich es sein, der euch hilft.«

Deine Mutter antwortet: »Dein Stress ist unbegründet, mein Schatz. Mit zwanzig dauert das Leben noch lange.«

Grenzen sind ein Ort, der bewohnbar ist.

VII

Strom. Du drückst den Schalter tief ins Gehäuse, in den Bildschirmwürfel hinein. Ein Knacken, die Röhre springt an, elektrisches Knistern. Der Rechner fährt hoch, ein Akkord. Der Desktop, das Gesicht des Computers, blendet sich ein. Lüftungsgeräusche. Summen. Er arbeitet, der Bildschirm zeigt einzelne Elemente an, verliert plötzlich wieder alle Bilder, der Computer stürzt ab. Du wartest. *Das System musste heruntergefahren und neu gestartet werden.* Du klickst *OK*. Der Prozess startet von vorne. Fehlverbindung, Verbindung trennen, Fehler beheben, erneut wählen.

Das Modem wählt sich ein. Die Leitung ist offen, das Internet stabil. Piepen, Quietschen, Zirpen, Rauschen in verschiedenen Tonhöhen, Kratzen, sounds from outer space, erneutes Piepsen, Telefonnummerntastentöne.

Mit großen Augen schaust du durch die Fenster in die Welt.

Stellenanzeigen: *Interessante, abwechslungsreiche Tätigkeit in gutem Betriebsklima. Ihre Aufgaben: Verpacken, Kommissionieren, Scannen, Warenübernahme, Lagerbestandskontrolle. Erwünscht: EDV-Kenntnisse, körperliche Fitness, Praxis und Staplerschein von Vorteil.*

Du klickst weiter: das Bild eines bis zum Rückgrat durchsichtigen Fischkörpers, der in einer Hand liegt. Bilder rostiger Einkaufswägen. Bilder von Menschenmengen, die zu Fuß durch ein weites Feld ziehen.

Ein Selbsthilfe-Forum für Arbeitslose: *Wir nehmen unsere Zukunft selbst in die Hand! Klick.* Ein Forumseintrag, 2.3.1999, 15:39: *Schlechtes Gewissen, nein, habe ich nicht. Ich wünsche der Firma Pech, deshalb veröffentliche ich alle internen Nummern, Codes und Passwörter. Hier geht's zur Liste!* Ein anderer Forumseintrag, 19.7.1999, 08:01: *Internetcafés sind eigentlich der einzige Grund, warum ich mich aus dem Haus bewege, dort kann ich anonym über die Ex-Firma schimpfen.*

Download Video: Die wenige Sekunden langen Videos bestehen aus wenigen Einzelbildern und bleiben immer wieder stecken. Ein Hundebaby klettert auf eine Ente und hält sich mit den Pfoten an ihrem Hals fest. Eine Meerschweinchenherde wuselt um als Schiff angerichtetes Gemüse. Ein Orang-Utan schneidet mit einer Heimwerkersäge in einen Ameisenhaufen.

Du liest: *Im Lehrberuf Tierpfleger lernen Sie drei Jahre lang unter anderem, wie Sie Tiere pflegen, züchten, aufziehen, füttern und tränken, wie Sie Futtermittel zubereiten, Tierunterkünfte herrichten und reparieren.*

Ein kurzes Video in stotternder Bilderfolge: Ein kleiner Junge bekommt zum ersten Mal sein Babygeschwister zu Gesicht und freut sich so überschwänglich, dass er es beinahe fallen lässt.

Du liest Game Cheats und Tipps: *Wenn Zombies kopflos auf dich zusteuern, ziele am besten auf die Beine! Wir haben uns leider bei der Installationszeit der Betreiber-CD geärgert. Das wirkt sich auf die Spielbewertung aus.*

Du klickst dich durch Shopping-Inserate: *Verkaufe voll funktionstüchtigen Marken-Mixer, kaum gebraucht, Top-Angebot. Aufblasbarer Indoor-Pool zu verschenken, Reparatur erforderlich, rufen Sie mich an! Singlespeed-Fahrrad, exklusive Reifen, Porto inbegriffen. Zwei voll funktionsfähige Luftpumpen.*

Bestellung absenden. Du erhältst die E-Mail-Bestätigung vom Händler.

Wie du eine Zeitschaltuhr mit einem PC einrichten kannst. Du schreibst die Bauanleitung auf deinen Notizblock: *Erstelle ein Basic-Programm, welches jede Sekunde eine Textdatei ausliest und mit der PC-System-Zeit vergleicht. Über den Parallel-Port mit nachgeschaltetem Transistor und Relais oder eine ISA-Relais-Karte kannst du dann die 230 Volt schalten.*

Viele verschiedene Informationssplitter erscheinen zugleich. Du blickst zwischen den Bildern und Schriften hin und her, überfliegst sie. Du kannst sie gleichzeitig sehen, musst dich nicht entscheiden. Es ist Zufall, zu welcher Ansicht du gelangst.

Eine private Fotogalerie: Ein Mann, in den Fotofarben der Siebziger Jahre, posiert in einer touristischen Aufnahme vor der Skyline in New York. Er grinst und hält seine Arme zu Flügeln ausgebreitet. Ein anderes Bild zeigt einen alten Mann, Blut überströmt sein Gesicht. Seine Augen sind geschlossen. Er versucht, sich aus einem Ziegelschutthaufen zu stemmen. Viele staubbedeckte Händepaare, manche mit Arbeitshandschuhen, strecken sich hinunter zu ihm, doch keine Hand kommt an ihn heran.

Das Bild jagt dir vom ersten Moment an Furcht ein, du klickst sofort weiter.

Eine Nadel mit einem roten Kugelkopf sticht in eine Weltkarte, dein Standpunkt ist der Mittelpunkt der Welt.

Das Netz spült dir Bruchstücke in die Augen. Wie sollst du hier jemals den Halt, die Antworten finden, die du suchst? Es scheint, als wäre alles vorhanden und die

Schwierigkeit bestünde darin, zu wählen, welchem Weg du nachgehen willst.

Du scrollst weiter. Klickst Link für Link in diesem Labyrinth an. Deine Augen bleiben an der nächsten Zeile hängen. *Drei Gewohnheiten von glücklichen Paaren. 20 Selbstmorde in Ihrer Stadt.* Daneben ein Banner: Zahnpasta-Zwillinge, zweimal das gleiche lachende Werbegesicht.

Du hackst die Buchstaben mit den beiden Zeigefingern in die Tastatur. *A-r-b-e-i-t.* Du findest unzählige Gruppen, Foren, Unterhaltungen, die kein Ende haben, Zeichenketten im Chatraum.

Aktualisieren. Wenn dich keine Neuigkeiten erreichen, du nicht nach ihnen jagst, gibt es vor allem Möglichkeiten. Das An- und Abschwellen der Nachrichten, der Nachrichtenüberfall. Du krabbelst von einem Anhaltspunkt, den du zu sehen bekommst, zum nächsten, wie eine Spinne, und setzt daraus deine Welt zusammen, nennst den Vorgang *Realität.* Die Welt zieht sich in ein Netz zusammen. Es spannt seine grauen Seiten, und die Zukünfte wachsen hinein. An diesem magischen Ort, den du aus Kabelsträngen lädst, schimmert der Nebel unendlich weit. Jede Suche ist möglich.

Die Haustürklingel schellt. Du zuckst, springst auf und trippelst zur Tür.

»Wer ist das?«, fragt Vanessa.

Du betätigst den Türöffner.

»Ich hab' was bestellt.«

Die Geldscheine knetest du in der Faust, während du wartest. Du lauschst durch den Türspalt ins Stiegenhaus.

Ein Mann huscht die Treppen hoch, in Shorts, Unterhemd und Flip-Flops. Er winkt dich gleich weiter, du sollst mit ihm ins Erdgeschoß kommen, und er flitzt vor dir die Treppen wieder zurück. Du hastest hinterher. Er bewegt sich lautlos durch die Geschoße. Seine Haare im Kranz um die Glatze wehen beim Rennen. Er nimmt die Stufen doppelt. Als du im Erdgeschoß angelangt bist, keuchst du. Er steht bereits im Parterre und verlagert ungeduldig das Gewicht von einem Fuß auf den anderen.

Er fragt: »Hm?«

Du inspizierst die beiden Luftpumpen, zwei kniehohe Geräte, die vor dem Treppenansatz warten. Für ein Online-Inserat wohl kein schlechtes Angebot.

Du sagst: »Hundertfünfzig.«

»Zweihundert«, sagt er.

»Die sind doch schon jahrzehntealt!«

»Hundertneunzig, mein Freund«, erwidert er in abgehacktem Ton.

Wenn du kompliziert genug tust, ihn verunsicherst, wird er vielleicht mit dem Preis hinuntergehen.

»Wie bedient man die?«, fragst du schließlich.

»Ans Ventil anschließen. Und an den Strom. Sie pumpen oder saugen Luft. Zum Aufblasen jeder Luftmatratze. Verlässlich.«

Du beginnst, Staub von den orangen Oberflächen zu wischen. Der Mann zieht eine Luftpumpe ein paar Zentimeter von dir weg. Du streckst ihm drei Fünfziger-Scheine hin. Er beäugt dich misstrauisch. Du untersuchst die zweite Pumpe, sie ist gar nicht so schwer, wie sie aussieht.

»Machen Sie das beruflich?«, fragst du ihn, um Zeit zum Nachdenken zu schinden.

»Ich verkaufe alles, was ich finde, übers Internet.«

»Bringt das was ein?«

Er entgegnet: »Geht so. Also. Ich hab' nicht bis morgen Zeit. Was ist mit dem Geld?«

Du spürst Vanessas Blick. Sie wartet hinterm Geländer einen Halbstock über dir. Dem Mann scheint bewusst zu werden, dass ihr nun zwei seid und er nur einer, und irgendwie, glaubst du, erschreckt ihn das.

Er sagt: »Gut, machen wir hundertsiebzig.«

Er wartet mit deinem Geld in der Hand. Du vergewisserst dich, greifst mit beiden Händen in alle vier Hosentaschen. Der Mann und Vanessa beobachten dich. Du zuckst mit den Schultern, die Taschen sind leer.

Vanessa übernimmt, sie sucht in ihren Hosentaschen, sieht überrascht aus, als sie tatsächlich einen aufgeweichten Zwanziger findet, der beim Herausziehen in der Mitte zerreißt.

»Den kann man noch kleben.«

Weit beugt sie sich übers Geländer hinunter und streckt dir die Hand mit dem Papier entgegen. Die Adern ihrer langen Unterarme und der kräftigen Handrücken drücken sich hervor. Du gibst dem Mann die Scheinhälften weiter.

Er knurrt verärgert, nimmt aber schnell das aufgeweichte Geld, und ehe du dich versiehst, sind nur noch Vanessa und du im Stiegenhaus. Unter den Briefkästen zischt eine Maus vorbei. Sie ist so flink, dass es aussieht, als hätte sie Räder anstelle von Beinen.

»Eine Maus von links nach rechts verheißt bestimmt Glück«, scherzt du.

Vanessa antwortet nicht. Ihr habt aufgehört zu lachen.

Ein kühler Wind zieht von der Hoftür herauf und bringt Pizzadunst, Geruch von Bierresten und verdünntem Rauch mit. Der Stiegenhausboden ist barfuß eiskalt.

»Das sind Luftpumpen, zweimal exakt gleich«, erklärst du Vanessa.

»Wofür?«

»Es war ein gutes Angebot.«

Du rufst den Aufzug, die Taste leuchtet, doch wie es manchmal vorkommt, reagiert der Lift nicht.

Ihr bohrt eure Fingerkuppen unter die Kanten, schleppt die Pumpen hoch, jeder eine.

Endlich stellt ihr die Geräte auf den Boden eurer Wohnung. Ihr schnauft zugleich aus. Staub wirbelt auf, ein Glitzern in der Luft.

»Trinken wir noch ein Bier?«, fragst du.

Vanessa nickt und sieht sich die eingedrückten Linien der Hartplastikkanten auf ihren Fingern an.

Du holst zwei Dosen aus dem Kühlschrank. Eine Chipspackung stellst du zwischen euch. Du hörst eure Schlucke, mit denen ihr das Getränk in den Magen befördert.

Um der Stille zu entkommen, unterbrichst du sie laut: »Danke für den Schein. Ich geb' dir das Geld bald zurück.«

»Damit«, sagt sie leise, »hätte ich sowieso nicht mehr zahlen können, den Schein hab' ich wohl mitgewaschen.«

Sie blinzelt dich an. Ihr sitzt auf der Matratze und schweigt.

Vanessa holt tief Luft, sie wird ernst: »Ich übernehme deinen Teil der Miete, damit sich alles irgendwie ausgeht. Das ist kein Problem …«

Vanessa fischt wenige Chips aus der Papiertüte, sammelt sie in der Kuhle ihrer Hände und steckt eines zwischen den Fingern eingeklemmt in den Mund.

»Aber wenn ich dir Geld leihe, möchte ich nicht, dass du Unsinn kaufst. Kannst du mir das bitte versprechen?«

Der Wohnzuschuss ist beantragt. Was du dir ausborgst, wirst du ihr zurückgeben. Das Arbeitslosengeld ist genug, du liegst Vanessa nicht auf der Tasche, doch es ist kein Groschen am Monatsende übrig. Es hilft beim Überleben, aber die Würde gibt es nicht zurück.

Du nickst hastig. Die Worte hallen noch einige Male zwischen den Mauern nach. Du versuchst, so wenig wie möglich zu rascheln und zu knuspern, die Geräusche machen die Körper so riesig in der Stille. Das Papier knistert dennoch und die Chips knacken zwischen den Zähnen im Mund. Du beginnst dich von außen zu sehen, bist nicht in dir drin. Du klemmst zwischen Mauern, stemmst dich mit Armen und Beinen dagegen, um nicht in den bodenlosen Schacht unter dir zu schlittern. Du wirst dich nicht fallen lassen. Niemals. Du wirst einen Fuß nach dem anderen, eine Hand nach der anderen vorwärts setzen, bis du wieder oben angekommen bist, um aus dem Tunnel zu kriechen und selbstständig zu gehen.

Du hast den Plan, durch den Verzicht auf Hobbys zu sparen: mit dem Rauchen aufhören, weniger Guthaben fürs Handy, weniger Downloadvolumen, alle Wege zu Fuß erledigen.

Du leerst die Dose bis auf den letzten Schluck. Der Alkohol sickert in dich hinein und du bemerkst, wie er alle Muskeln in den Schultern, der Hüfte, den Waden, den Augenlidern und der Stirn erschlaffen lässt, wie er das Tempo der Gedanken drosselt, wie er die Vorgänge verzögert, angenehm faul macht.

Vanessa stellt die Dose ab: »Weißt du, ich hab' so viel um die Ohren. LKWs haben sich verspätet. Eine Option waren Überstunden, die andere war, dass ich mithelfe, so wie früher. Ich bin in die Garderobe und hab' den Blaumann angezogen und bei der Packer-Arbeit mitgemacht. Die Arbeiter haben mich beschimpft. Sie haben gesagt, ich bin keine von ihnen, ich bin ihre Chefin und störe die Ordnung, wenn ich trage und hebe, ich soll mich um die Organisation kümmern, damit sie rechtzeitig fertig werden. Ich konnte mich überhaupt nicht wehren. Wie respektieren sie mich? Vielleicht fängt es schon beim Blaumann an?«

»Das tut mir leid«, sagst du.

Und du merkst, du meinst es nicht. Du fühlst nichts. Du greifst schnell nach deinem Handy, starrst darauf, liest und löschst alte Nachrichten, leerst den Speicher, deine Finger rasen über die leuchtende Gummitastatur.

»Was ist mit dir?«, fragt Vanessa.

»Nichts.«

»Irgendetwas ist seltsam«, sagt sie, wie um die Worte zu probieren, in Sorge, einen Gedanken vielleicht zu früh und unbedacht ausgesprochen zu haben.

Ihr schaut euch an, alles ist möglich.

An die Wand gelehnt, Vanessa in deinem Arm, hört ihr Musik. Über dem stetigen Hämmern der Basslinie hallt ein zartes Glockenspiel, Töne, die sich zu Akkorden verbinden und wieder auseinanderdriften, die Abfolgen wiederholen sich. Tiefe Frequenzen dröhnen zwischen den Zimmermauern. Überraschend tauchen Geräusche aus einem industriellen, menschenleeren Raum aus Beton, Metall und Stahl auf. Ihr seid euch einig, dass ihr dieses Lied nochmal hören wollt. *Backward.* Du steuerst den CD-Player mit dem ausgestreckten Bein, die Zehen drücken die Tasten.

VIII

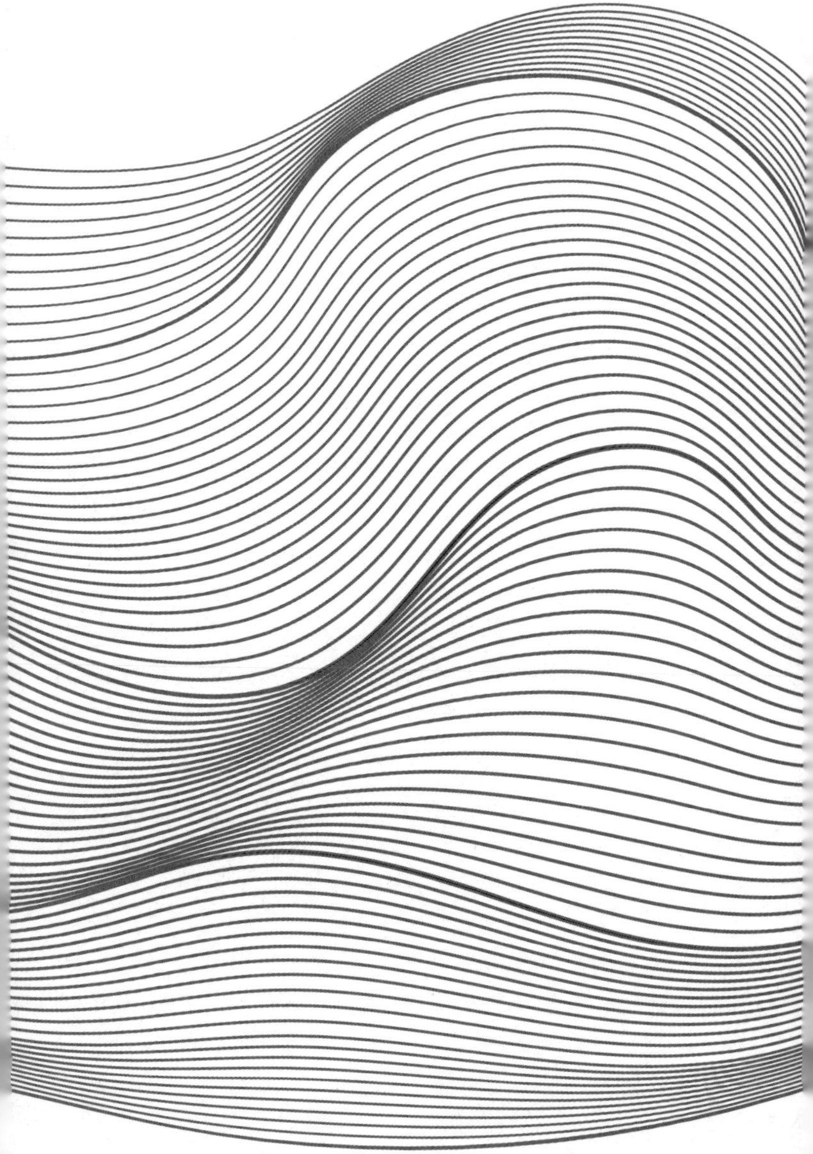

Es ist noch dunkel, du betrachtest in der rechten Ecke des Fensters eine Weile den Mond. Du stellst dir vor, dass in der ganzen Stadt nur wenige Menschen wach sind, und verbringst verschlafene Minuten mit geöffneten Augen. Die morgens zur Arbeit Laufenden hetzen durch den Hof.

Vanessa und du seid zugedeckt. Du berührst mit der Nasenspitze ihre Haare im Nacken, an der Stelle, wo das Haar feiner wird. Im Schlaf wendet sie den Kopf in deine Richtung. Du schaust sie lange an. Du fragst dich, ob sie träumt oder ob ihre Gedanken gerade abgeschaltet sind, du stellst dir vor, was sie heute ausfechten und worauf sie stolz sein wird. Du stellst dir vor, dass es Unbekanntes gibt, das sie abseits von eurem Zusammensein erlebt, und dass du die Echos bis ins Jetzt hören kannst. Auf Vanessas Hals ist ein Schmetterling tätowiert. Wenn sie ruhig liegt, zittert der Schmetterling leicht mit ihrem Puls. Die Schmetterlingshaut fühlt sich zarter an als die Haut ihres restlichen Körpers. Wenn du sie fragst, meint sie, ein Schmetterling habe beide Möglichkeiten, er könne auf dem warmen Boden sitzen oder fliege weit in den kalten Himmel hinauf.

Ihr Atem fließt zuverlässig und überall, wie immer. Du lässt dich einsinken, schließt die Augen, versuchst es, nimmst ihren Rhythmus an.

Vanessa zuckt im Schlaf vor dir zurück. Du erschrickst. Sie dreht sich zur Bettkante. Du schämst dich plötzlich. Versuchst du dich an ihr aufzuladen? Bist du dabei, von Vanessas Leichtigkeit, für die du sie am meisten liebst, zu zehren? Und du vernimmst es nun selbst deutlich: Presslufthämmer dröhnen in deinen eigenen Ohren. Dein Herzschlag klingt nach Baustellenlärm.

Du drehst dich weg, umklammerst deine Brust fest, du versuchst, deinen Atem selbst zu regulieren. Eins, zwei, drei, vier, fünf, eins, zwei, drei, vier, fünf, eins, zwei, drei, vier, fünf, eins, zwei, drei, vier, fünf. Du zählst die Dauer der Atemzüge. Du hältst nicht durch.

Dein Fuß wippt bis in die Zehen, als würde er Kreise im Raum ziehen, Wellen im Wasser.

Vanessa hat ihre Position nicht verändert. In der Dämmerung wirkt ihr Gesicht aus diesem Winkel fremd. Es verzerrt, verbiegt sich in deinem Blick.

Du faltest die Decke auf, kriechst aus der Höhle, schiebst dich geräuschlos durch die Lücke zwischen Vanessa und der Wand. Du steigst aus dem Bett. Eines der grauen T-Shirts hängt am Bettgestänge, du greifst danach, beutelst das T-Shirt aus und ziehst es über den Kopf. Du streichst dir übers Kinn. Der Bart ist ungewöhnlich schnell gewachsen. Der Bart eines fremden Manns.

Du bemühst dich, durch den Raum zu schleichen. Die Bodenbretter, wie Klaviertasten unter den Füßen, bewegen sich in ihrer Fischgrätenstruktur ineinander, tritt man an einer Stelle darauf, schiebt sich die Kraft unsichtbar durch die nächsten Bretter und drückt eine Kante an anderer Stelle hoch. Die Fußballen bleiben nach dem Auftreten auf dem Boden kleben, du tappst über das Parkett. Vanessa seufzt im Schlaf.

Du blätterst nochmals durch ihre Arbeitsunterlagen, durch die Zahlen und Listen, du hast den heutigen Tagesplan in der Pakethalle bereits genau im Kopf, aber willst dich vergewissern.

Du leerst das alte Kaffeepulver aus der Kanne, füllst Wasser und frisches Pulver ein. Du hebst Vanessas Kristallglas aus dem Abtropfständer. In der Faust presst du eine halbe Zitrone aus. Der Saft rinnt in den schwarzen Kaffee, den du mit einem Zug austrinkst. Du stellst ein weiteres Kristallglas mit einem winzigen Löffel für Vanessa auf den Tisch, wie früher, wenn du vor ihr die Wohnung verlassen hast.

Du greifst nach den Geldscheinen, die Vanessa kommentarlos alle paar Tage für dich auf den Tisch legt. Du hast sie nie darum gebeten, doch sie legt dir etwas Geld hin. Du hoffst, dass sie damit nicht aufhört, du hoffst, dass du dich nicht dafür rechtfertigen musst, was du machst, wofür du das Geld ausgibst. Der Alltag in der Stadt ist teuer. Und bereits wenige Scheine öffnen viele Türen.

Der Schlüsselbund steckt im Schloss, zusammengerafft mit kleinen Plastikfiguren und geknüpften Bändern. Die Wohnungstür springt auf. Du möchtest heute Morgen schon weg sein, wenn Vanessa aufwacht. Du blickst nicht zurück, hebst dennoch die Hand zum Gruß. An der Türschwelle reißt ein unsichtbarer Zaun. Du wirst dir und ihr beweisen, dass du allein bestehen kannst.

Die Ärmel deiner Lederjacke raffst du hoch und checkst die Uhrzeit, schaust in alle Richtungen, machst dich klein, den Rücken rund. Du umklammerst die Riemen deines Rucksacks, tigerst von einer zur nächsten Straßenecke, dehnst deine Schritte bis zum Gehsteigrand, kannst nicht stillstehen, während du wartest, dass der Laden die Rollläden hochlässt, endlich wendet die Verkäuferin das Schild an der Tür auf *Geöffnet* um. Zwischen den Menschenströmen steuerst du auf den Eingang des Elektroladens zu.

Flimmern. Voluminöse Monitore sind zu Türmen aufgestapelt. Die Fernsehbilder leuchten gestochen scharf. Die Videos laufen in Wiederholungsschleifen, Bildschirmtests, wilde Monster und Sci-Fi-Szenen. Videokassettenstreifen flirren zwischen den Bildkanten. Es sieht aus, als hätte jemand die Record-Taste gedrückt, wenn etwas im Fernsehen lief, das passte. Fragmente verbinden sich plötzlich, weil sie in einer Reihenfolge stehen. Du hältst die Handfläche vor eine der Bildschirmscheiben, streifst das elektrische Kraftfeld. Der Fernseher ist so warm, als würde er leben.

Am Tresen zeigst du auf die beiden Zeitschaltuhren in der Vitrine. Der Scanner der Verkäuferin streift die Barcode-Nummern an der Ware. Auf einem Bildschirm erscheint der Preis. Du streichst deinen Geldschein glatt und legst ihn neben den Einkauf.

»So viel Retourgeld hab' ich nicht«, entgegnet die Verkäuferin, »Sie müssen irgendwo wechseln gehen. Ich kann jetzt nicht aus dem Geschäft.«

Herzklopfen. Diese unbekannte Frau hat eine Aufgabe, eine Position, und sie leistet ihre Arbeit nicht. Sie tut, als würde es sie nichts angehen.

»Arbeiten Sie zum ersten Mal mit Bargeld?«, provozierst du sie.

Die Verkäuferin zuckt einfach mit den Schultern, sie

schaut dich nicht mal an. Kurz ist dir, als würde jemand ohne dein Zustimmen durch dich durchgehen und alles in dir verwüsten. Du versuchst zu atmen. Langsam. Ein. Aus. Sie hat Arbeit und macht sie nicht.

»Ein Roboter statt Ihnen wäre praktisch!«, entkommt es dir zwischen den gefletschten Zähnen, »eine Kasse braucht keine Verkäufer mehr, die Kasse kann selbst rechnen.«

Die Verkäuferin lacht. Dir ist nicht zum Lachen.

Die nächste Kundin hinter dir tippt sich mit dem Finger an die Stirn, was dich noch mehr anheizt: »Andere wären froh um Ihre Arbeitsstelle.«

Die Kundin schiebt sich vor: »Das bringt nichts, gehen S' wechseln!«

Wut. Du merkst, sie entzündet sich und geht mit dir durch. Gleich kannst du nicht mehr selbst entscheiden.

Der Sauerstoff entweicht neben der Lunge. Und sie pumpt und pumpt, doch die Energie bleibt aus. Der Brustkorb ist so hart, dass die Lunge innen anstößt, du bemühst dich lockerzulassen, dich auszudehnen. Die Atemzüge schmerzen, sie sind aus diesem Krampf gemacht. Den Puls spüren, die Fingerkuppen gegeneinanderpressen, du konzentrierst dich auf seine Schläge. Heiße Backen. Das Zeichen.

Du stehst vor einer Abzweigung, ein Weg ist der logische, an den du dich zu halten versuchst, an dem entlang du dir alles erklären kannst, doch die Kraft zieht dich in die andere Richtung zur bisher verschlossenen Tür, durch die es, ist sie einmal geöffnet, kein Zurück mehr geben wird. Sie schwingt knarrend auf. Und noch bevor du den Entschluss gefasst hast, übernimmt das Herz die Kontrolle, es übernimmt dich und zieht dich in den Wirbelsturm. Deine Wut tut weh. Deine Trauer will dich verteidigen. Diese Frau büßt für all die anderen, die dich im Stich gelassen haben. Sie flüstern hinter deinem Rücken.

Du verstehst kein Wort, aber du hörst sie, es ist etwas wie: »Der Kleine, der schafft es doch nie!«

Was du fürchtest, liegt bereits weit hinter dir. Die altbekannten Feinde springen in verschiedenen Gestalten aus dir heraus. Du hast nichts mehr zu verlieren, der erste Schritt über eine Grenze.

»Wenn S' nicht zahlen können, dann geben S' die wieder in die Vitrine zurück!«

Diese Frau stiehlt deine Zeit, deine Nerven, deine Autonomie. Dein Geld fest zerknüllt in der Faust greifst du nach den zwei Packungen und verlässt das Geschäft. Sie schnattern hinter dir, den Griff am Ellenbogen kannst du leicht abwehren, beide Frauen bleiben im Eingang stehen und schimpfen dir auf die Straße nach: »Aufhalten! Ein Dieb!«

Und du drehst dich zu ihnen um und äffst sie nach, tippst dir an die Stirn.

Nach der Wut kommt Scham. Wie du selbst merken alle, dass du nichts wert bist. Du hast aufgehört zu glauben, dass Regeln gelten, in denen du dich zurechtfindest, dass du Richtiges vom Falschen unterscheiden kannst und damit der Verwirrung ausweichst.

Kein Passant reagiert, du bewegst dich im normalen Eiltempo, fällst zwischen den anderen nicht auf. Du siehst die Leute eingeschlossen, wie du früher stecken sie in ihren Häuten, in ihren Gedanken, in ihren Gewohnheiten drin. Sie erkennen dich nicht mehr als einen von ihnen. Du fragst dich, ob sie dich überhaupt noch sehen. Du hast eine andere Welt betreten. Einen Vormittag geisterst du umher.

Am Geländer der Buswarteinsel lehnend, bewunderst du ein Luxusauto an der Ampel. Als es losdüst, spähst du ihm hinterher. Im Bus rätselst du, welche der anderen Wartenden in der Pakethalle arbeiten, denn aus einem anderen Grund fährt kaum jemand so weit an den Stadtrand.

Aus dem Taschenradio deines Sitznachbarn schallt: »Heute ist der besondere Tag, auf den wir so lange gewartet haben, das besondere Ereignis, die partielle Finsternis ist schon im Gange.«

Über die Sonnenfinsternis wird in allen Zeitungen und im Fernsehen berichtet. Noch kannst du keinen Unterschied im Licht bemerken. Die Busfahrt stockt, die Straßen sind verstopfter als sonst, du musst unbedingt die Zeit einhalten, hast Puffer eingeplant, du willst nicht zu früh kommen und auf keinen Fall zu spät.

Fünfhundertsiebzig Schritte von der Haltestelle bis zur Halle. Manchmal auch weniger. Du hörst deine Schritte, das Knarzen der Gummisohlen auf heißem Beton. Hitze steigt auf, die Luft umhüllt dich, die Kleidung liegt klebrig auf deiner Haut. Wenn dich jemand fragt, was du hier suchst, hast du eine Antwort parat, du wirst sagen, dass du deine Bierdeckelsammlung auf dem Spind aufbewahrt und vergessen hast und dass du sie abholen willst. Doch niemand wird dich kontrollieren, das weißt du.

Die Arbeit wird gleich für einige Minuten unterbrochen, damit die Belegschaft zuschauen kann. Vanessa wird nicht dabei sein, sie fängt heute später an, aber sie hat den Pausenplan erstellt. Sie hat dich nach deiner Meinung gefragt, wie du die Zeiten für die Wege aus der und in die Halle einschätzt, die Arbeiter könnten aufgekratzt sein wegen des Spektakels der Himmelskörper und der ungewohnten Pause.

Deine Schritte, kurz und schnell. Die Handgelenke angespannt, deine Hände zur Aktion bereit. Du blinzelst nicht, als wärst du permanent in Gefahr, etwas zu übersehen. Der Radar läuft. Deinen Kiefer vorgeschoben, fletschst du die Zähne.

Das Gelände hat sich verändert. Die Gebäude sehen brüchiger aus, eine Scheibe ist zerschlagen, die Bleche mancher Verladestationen haben unbekannte Beulen. Fassaden, vergraut vom LKW-Rauch, Narben an den Mauern. Die Gebäudeteile ragen ineinander. Tauben. Stille. Im Asphaltdunst flirrt deine Sicht.

Du bleibst stehen. Schaust dich um. Die Neonbeleuchtung strahlt hinter den Fenstern, auch wenn es draußen genug Tageslicht gibt, immer brennt überall das elektrische Licht. Oben, den Pfad nach links! Du kannst die maschinellen Vorgänge aus der Halle vernehmen. Ein Hubschrauber über dir. Weiter! Normalerweise sitzt auf den Treppen zum Hintereingang immer irgendjemand zum Rauchen, außer heute. Zeitungen rascheln unter deinen Füßen, alte Neuigkeiten. Du stellst dir vor, wie die jüngere Version deines Ichs diese Gebäude betrachtet haben könnte, und nun sind es ganz andere Augen, die darauf sehen. Du bist deinem jüngeren Ich nahe. In jedem dieser Gebäude sein Gesicht. Du versuchst ein bekanntes Raster über den Ort zu legen, damit du ihn wiedererkennen kannst. Aber es greift nicht mehr, die Regeln hier gelten nicht mehr für dich. Das Leben ist stärker als die Listen und die Zahlen, in der Halle und überall.

Die Lautsprecher krachen. Übersteuerte Echos brechen sich an den Gebäudeflächen.

Jemand spricht eine Durchsage: »Aufgrund des besonderen Ereignisses wird heute eine Pause von fünfzehn Minuten gestattet. Bitte beachten Sie alle Anweisungen der Schichtleiter. Wenn Sie der Sonnenfinsternis beiwohnen möchten, begeben Sie sich zu den Ausgängen. Schutzbrillen werden ausgeteilt.«

Du duckst dich. So viele Mitarbeiter hast du noch nie im Tageslicht gesehen, sie eilen aus den Gängen und den Stationen auf den weiten Betonplatz hinaus. Auch die LKW-Fahrer an der Warenannahme steigen aus ihren Kabinen. In Blaumännern sammeln sie sich auf dem Betonplatz, sie nehmen die Helme ab, ziehen die Handschuhe aus, murmeln. Infrarotfilterbrillen in Kartonfassungen werden aufgesetzt. Ausgestreckte Arme deuten in den Himmel.

Es kühlt ab, Wind kommt auf. Letzte Sonnenstrahlen, die Dämmerung setzt rasch ein, wirft harte Schatten. Es ist, als würde jemand die Lautstärke der Vögel auf den Dächern hinunterregeln, bis der Ton ganz verschwunden ist und sie verstummen. Notbeleuchtung. Die Laternen der Straße flackern auf. Der Mond verschlingt die Sonne. Die Menschen sind dunkle Silhouetten. Sie starren durch ihre Brillen in den Himmel und du hast die Warnung im Kopf, niemals mit bloßem Auge in die Sonne zu blicken, und wenn, dann nur sehr kurz, weil das Licht die Linsen versengen und sich der Schaden erst Jahrzehnte später bemerkbar machen würde. Die Uhr hast du im Blick, du hast nur wenige Minuten.

Beim ersten Schritt über die gelbe Bodenmarkierung in den helmpflichtigen Bereich zögerst du. Du ziehst dein Halstuch aus der Hosentasche und wickelst es über die untere Gesichtshälfte. Du übertrittst auch die zweite Sicherheitslinie, überwindest dich. Du rennst, so schnell du kannst, durch die Halle zum Sperrholz-Gitterwagen, öffnest die Tür und zerrst Platten, gesprungene Verpackungen und Kisten heraus, verbaust unabsichtlich deine Fluchtwege mit Lieferungen, die nicht den Normen entsprechen, bis du zu der großen, quadratischen Sperrholzkiste mit der Aufschrift *Zerbrechlich* gelangst. Du weißt von ihr, weil du sie damals selbst hingelegt hast.

Ein Geräusch lässt dich aufschrecken, das Ächzen des Greifarms, der schon zur Wochenmitte eine Ölung braucht.

Wie Spinnen auf der Jagd beobachten dich die Kameras aus den Ecken. Keine Ahnung, wie weit ihr Sichtfeld reicht, wann sie dich im Blick haben, deshalb denkst du, sie sehen dich ununterbrochen. Sie bewegen sich manchmal, von links nach rechts, von oben nach unten.

Damals, als sie montiert wurden, tönte es aus dem Umkleideraum: »Ich habe nichts zu verbergen. Es ist doch egal, wenn uns jemand zusieht.«

Und du stimmtest zu.

Du stemmst dich gegen die Schwerkraft, die dich noch stärker als sonst auf den Boden zieht. Deine Arme zittern. Du greifst nach der Kiste. Du reißt den Codesticker-Rest herunter und klebst einen neuen Sticker darauf. Du ziehst den Stift aus der Hosentasche und schreibst deine Adresse auf die hüfthohe Holzkiste, aber ohne deinen Namen als Anschrift.

Du trägst das Paket durch die Halle Richtung Versand. Eine Tackerklammer sticht dir in die Handfläche. Das Paket versperrt deine Sicht. An den Kontroll- und Zuordnungsstationen vorüber, stellst du es direkt zur Fracht eines Lastwagens, der Richtung Süden ausliefert.

Frischluft. Durch die Luft der Klimaanlagen scheinen Sommer und Winter in der Halle gleich. Als du herauskommst, bist du immer wieder aufs Neue über die Temperatur überrascht.

Silbrig schimmerndes Licht überzieht den Betonplatz draußen. Dir ist, als versteckte sich eine verwirrte Ratte hinter den Unkrautbüscheln zwischen den Platten. Du entdeckst eine Filterbrille auf dem Boden, wischst die Schuhsohlenabdrücke von der Kartonfassung. Du setzt die Brille auf und kannst die letzten Momente der Sonnenfinsternis erhaschen. Die Sonne sieht aus wie ein Sichelmond, eine schwarze Kugel vor einer hellen. So wie die vielen Menschen, die gemeinsam mit dir im Moment in den Himmel blicken, bist du Teil dieser furchtbaren und zugleich vertrauten Dunkelheit. Langsam wird es heller, gelbes Licht. Der Mondschatten gibt die Sonnenscheibe frei. Die Vögel melden sich wieder, erst wenige verblüffte, dann viele wirr durcheinanderzirpende. Auch die Menschen regen sich. Erleichterung, dass die Himmelsmechanik sich weiterdreht, dass auf die Sonne Verlass ist, auch wenn es manchmal düster wird. Und der Abteilungsleiter klatscht, erst stimmen wenige, dann alle auf der Betonwüste mit ein, sensationstrunken und gemeinschaftlich verbunden applaudieren sie der Sonne und dem Mond wie am Ende eines Fußballmatchs.

Du hast einen Einfall. Du eilst zur Feuerleiter.

Der Abteilungsleiter vertraute dir. Seinen Schlüssel verwahrst du immer noch am Schlüsselbund. Es gab noch keinen eigenen Posten für die Verwaltung des damals neuen Videoüberwachungsraums. Einmal pro Woche kontrollierte jemand von der externen Firma die Technik, holte die Kassettenstapel ab und brachte neue. Du warst der, der die Tür zu den Bildschirmen täglich aufschloss, den Stromschalter überprüfte, die Videokassetten auf Stapel schlichtete, Beschädigungen aufschrieb, Bänder einschob, um sie bespielt wieder aus den Rekordern zu ziehen und zu beschriften. Jeder Tag wurde viele Male aufgenommen, damit sich niemals jemand unbeobachtet fühlte. Du entdecktest, dass die gelieferten Kassetten dieselben wie vor einigen Monaten waren, zurückgespult, um sie abermals zu bespielen. Wenn es kein Problem gab, wurden die Bänder nicht gesichtet.

Als du am Ende der Feuerleiter angekommen bist, erlischt die Außenbeleuchtung am Gelände. Die Neonröhren in der Halle erstrahlen wieder.

Du schließt den Notausgang des Überwachungsraums auf.

Du setzt dich nieder, in der Mitte der Dunkelheit, versteckt zwischen Türmen aus Technik. Du bist unsichtbar. Es ist stickig, niemand sieht, niemand findet dich. Du siehst Videoübertragungen, auf dem Bildschirm mit der Eingangshalle gibt es viel Bewegung, die Ladestation ist nicht besonders interessant, die Arbeiter bleiben immer an denselben Stellen stehen.

Du spulst die heute bespielten Videokassetten zurück, um die Zeit der Sonnenfinsternis, als du in der Halle gewesen bist, zu überspielen und damit zu löschen. Die Rekorder surren.

Du schließt die Augen, stellst dir vor, wie du in der Halle gearbeitet hast.

Du siehst dich, wie du zu Schichtbeginn den Weg ins Spindzimmer einschlägst und umgezogen wieder herauskommst. Du siehst den Philodendron unter der Lampe an, als würdest du ihn grüßen.

Du siehst dich beim Eintreten in die Lagerhalle, den abgeschlossenen Bereich, eine Kapsel in Raum und Zeit, durch die die Waren ein- und ausfahren, die Stationen entlang, durch Umschlagplätze, in symmetrischen Vorgängen.

Du siehst, wie einem Kollegen eine Kiste von ganz oben auf den Kopf fällt, als er versucht, einen Stoß Kisten zu heben. Du siehst ihn zum letzten Mal, nach dem Unfall kommt er nicht mehr zum Dienst zurück. Die gelben Helme legen sich um eure Gedanken.

Du desinfizierst Wunden im Pausenraum.

Du siehst ausrangierte Pakete im Lager. Die Kollegen fischen Pakete für den Eigenbedarf heraus.

Du siehst, wie die Kollegen dich stützen, du bist gestürzt. Sie bringen dich in ein Hinterzimmer. Der Sanitäter fragt, ob es sein kann, dass du übertreibst, ob es sein kann, dass du alles etwas schlimmer machst, als es wirklich ist. Du weißt noch, das Geräusch deines Atems ist ein Rasseln.

»Es gibt viele Leute in eurem Alter mit Panikattacken, weißt du«, erklärt der Sanitäter, »ganz selten ist es dann wirklich ein Ernstfall«, und er hat keine Ahnung.

Und du überlegst, was jemand sehen könnte und wie du dein Bild mehr zu dem Bild machst, das dir vor deinen Augen schwebt, wie du dich gern hättest, und so verlierst du deinen eigenen Blick, schaust auf dich drauf wie auf jemand anderen. Urteilst, bewertest, lästerst, bewunderst dich zwischen den vielen. Und ihr seht euch gegenseitig in zurechtgerückten Begegnungen, Bestätigungen, Erfolgen. Die Originale steuern die Illusionen, so gut es geht. Und diese Bildmenschen begegnen dir, alltäglich. Die aus ihnen gewanderten Blicke nehmen von ihnen Besitz. Sie und du, ihr lebt in euren Bildern unterschiedlicher Graustufen, in Wolken aus Informationspunkten, wie seltsame Geister, all die wimmelnden Punkte. Blicke aus einem angrenzenden Raum. Und dann trittst du heraus aus der Rückseite der Welt und winkst dir selber zu, den jüngeren Versionen deines Ichs, die in der Vergangenheit leben und dort geblieben sind. Du stellst dir ein riesengroßes Videolager vor, wo all die Zeit lagert. In der Arbeit dehnen sich die Jahre und dünnen aus. Es ist niemals so dunkel, wie wenn man die Augen schließt.

Handflächen, Handrücken, du drehst sie hin und her und du weißt, du musst bloß die Finger zählen, um zu erkennen, ob das nun die Realität ist. Und tatsächlich: Es sind fünf Finger an jeder Hand. Und du drehst die linke nach außen und dann die rechte, du drehst sie, Handfläche, Handrücken, hin und her. Du lässt die Fingergelenke knacken.

Die Videobänder sind beim Timecode null angekommen, du startest die Aufzeichnungen und verlässt den Überwachungsraum, bist vorsichtig, bleibst ungesehen und gehst den Weg, den du gekommen bist, zurück.

Zu Hause. Vanessas Kaffeeglas steht in der Spüle. Du bist allein. Du sinkst auf den Boden, verschmilzt mit dem Fischgrätparkett zu einem weitläufigen Skelett. Dein Antrieb ist aufgebraucht. Stoßweiser Atem rutscht die Kehle hinunter. Und plötzlich steigt in dir ein Gefühl von Leere auf, als hättest du Zeit geschenkt bekommen. Sind das nur Wolken vor der Sonne? Oder sind es bereits die Zeichen eines Unglücks, eines Meteoriteneinschlags, wie in Fernsehberichten zur Sonnenfinsternis prophezeit? Verdeckt die Asche einer Explosion, die durch die Atmosphäre zieht, bereits das Sonnenlicht? Du stellst dir vor, dass die Erde aus der Bahn geraten ist und sich immer weiter vom Planetensystem wegbewegt. Für einige Stunden funktioniert sie noch wie gewohnt, bis sich die Neuigkeit verbreitet, ins Bewusstsein der Menschen sickert, es immer heißer oder kälter wird, das Leben verdunstet, erfriert und zusammenbricht.

Der Kühlschrank brummt, der Ventilator flattert, die Klimaanlage an der Hausmauer gegenüber rauscht, eine Person telefoniert am offenen Fenster. Du kennst die

Stimme, weißt nicht, wer sie ist, nur dass sie viel von Heißluftballonen spricht.

Über einem Fenster der oberen Stockwerke ist ein Steingesicht eingemeißelt, wie sie von unzähligen Fassaden heruntersehen, wenn man den Kopf hebt und den Blick in Richtung Himmel richtet. Wenn du das Gesicht lang genug betrachtest, ist dir, als könnte Stein sich bewegen. Das Haus sieht dich durch seine Steinaugen an.

IX

Vanessa raucht am Fenster. Die Sonne ist hell. Ihre Wimpern wachsen an einem Auge nur bis zur Hälfte des Lids. Sie äschert vorsichtig in einen kleinen Aschenbecher. Jetzt dreht sie sich um zu dir.

Sie öffnet die Schranktür in der Küchenzeile und holt ein Schneidbrett heraus. Ein Lichtsäbel streift durchs Zimmer. Er fliegt über deine Beine bis zu den Augen. Du kneifst die Lider zu.

Noch immer tauchen Wände vor dir auf. Du weichst zurück, obwohl du weißt, dass es nichts gibt, wovor du dich erschrecken müsstest, du könntest an den Wänden entlangklettern, bis sich eine Tür öffnet. Du weißt, dass es immer irgendeine Tür gibt.

Vanessa wendet sich erschrocken um, als würdest du etwas hinter ihr anstarren. Sie kann aber nichts Außergewöhnliches entdecken, also bereitet sie weiter den Tisch vor, als würdet ihr Besuch bekommen, als wärt ihr in eurer Wohnung bei euch selbst zu Gast. Auf dem Tisch sind Schüsseln, Besteck und zwei Gläser Tee.

Sie schiebt den nassen Schwamm die Klinge des Gemüsemessers entlang. Sie reiht die Marillen vor sich auf.

Du denkst, du könntest doch eigentlich glücklich sein, du bist zu Hause, du hast Pause.

»Hast du die Zeitung geholt?«, sie blickt gleich wieder aufs Schneidbrett.

Du nimmst die Zeitung vom Bett und lässt sie vor ihr auf den Tisch klatschen.

Wenn jemand Vanessa stresst, sich kompliziert oder seltsam benimmt, zwinkert sie und nickt und macht weiter mit dem, was sie vorhat, egal wie verbohrt die Situation ist.

Wenn Vanessa da ist, wird der Rest zum Hintergrund.

Orangen, Äpfel, Kiwis und Erdbeeren mischt ihr in einer Glasschüssel zum Obstsalat. Du ziehst die Teebeutel aus dem heißen Wasser, machst einen vorsichtigen Schluck. Du klaust eine tiefrote Erdbeere, sie verbreitet ihre Süße im Mund, der Geschmack haftet an den Lippen. In der Sonne nimmst du auch die satten Farben in dir auf. Als Vanessa denkt, du merkst es nicht, schaut sie dir zu.

Sie deutet in der aufgeschlagenen Zeitung auf eine Stellenanzeige: »Schau mal, könnte das für dich passen?«

»Interessiert mich nicht.«

»Was würdest du gern machen?«, fragt Vanessa.

»Bitte lass uns einfach einen schönen Sonntag verbringen«, antwortest du und schiebst mit einer Handbewegung den Gedanken wie eine Seifenblase weg. Du drückst die Verunsicherung beiseite und hoffst, dass sie dort bleibt. Von der Möglichkeit, deinen Vater nach Kontakten auf Baustellen zu fragen, willst du ihr noch nichts erzählen. Wenn es ausgesprochen ist, dann musst du es in Angriff nehmen.

Du erahnst Vanessas Widerwillen an der Falte zwischen ihren Augenbrauen, mehr an der linken Braue als an der rechten. In ihren Augen siehst du alles, was du magst und was du nicht magst an dir, wie durch eine Lupe vergrößert. Du hast Mitleid und Ekel für die Schwäche in dir, du schämst dich dafür, dass sie vielleicht vermutet, dass du dich verloren hast, dass dir kein Umschulungswunsch an den AMS-Berater einfällt. Ohne Rückenschmerzen könntest du viel bewegen, doch alles Gewohnte würde sich verändern. Wie willst du weitermachen?

Vanessa hält die Augen für einen Satz geschlossen und so spricht sie weiter, langsam und bedacht, um den Vorschlag über die Lippen zu bringen.

»Wie wäre es, wenn du deinen Vater fragst?«, sagt sie und drückt die Lippen aufeinander, presst den Mund zu.

Du langst nach Vanessa, um den Abstand zu verringern, eine Brücke zu legen, du streckst die Arme aus, um nicht umzufallen, um zumindest Balance zu halten, doch die Wut packt dich von hinten, du suchst Halt und reißt Vanessa mit.

»Lass mich doch mal in Ruhe! Kümmer' dich um deinen eigenen Mist!«

Vanessa zieht die Stirn in viele Falten. Ihre Augen füllen sich mit Flüssigkeit, sie glänzen. Sie wendet sich ab.

Du kannst nicht reagieren, bist in dir verknotet.

Du stellst dir vor, du wärst Kandidat bei einer Lotto-Fernsehshow. Du greifst nach den fliegenden Geldscheinen in einem Windkanal und stopfst sie in deine Taschen. Als der Wind sich legt, verschränkst du die Arme, du rührst dich nicht, damit du noch die letzten Scheine auffangen und mitnehmen kannst. Hunderttausend Schilling, die Zahl auf der Tafel in der Ecke des Fernsehers blinkt. Du kreischst vor Freude und springst. Dein Kostüm glitzert im Scheinwerferlicht.

Du willst Vanessa überraschen, wirst sie zum Last-Minute-Urlaub einladen.

»Pack deinen Koffer, wir fahren mit dem Taxi zum Flughafen!«

Der Moderator schüttelt dir die Hand und grüßt Vanessa, die zu Hause auf dem Sofa sitzt. Du winkst aufgeregt in die Kamera. Vor den Bildschirmen lachen die Fernsehzuschauer. Schnitt zur Werbung für eine günstige Bank.

Der Mond glimmt, ein weißer Ball. Ihr streift durch die Raster, kämpft euch durch. Maschinengewehre, Handwaffen, Panzerfäuste, ihr spult eure eingeübten Fingerbewegungen ab. Die DNA-Kugeln schmelzen kaum noch weg, ihr seid durchs gesamte Spiel gerannt, könnt auswendig gelernte Abläufe abrufen, schafft die weitesten Sprünge.

Den Zaun entlang! Die Musik mündet in bedrohliches Brummen. Achtung, das Schlagloch, der Zaunpfahl, schnell durch die Falle! Ihr kommt der Antwort mit jedem eurer Schritte näher. Du vorn, Vanessa erledigt die Angreifer hinten. Ihr schießt, schießt, schießt. Jeder Schuss blitzt. Erledigt. Ihr eilt mit den Nachtsichtgeräten durchs Gebüsch. Du erschrickst, beißt die Zähne zusammen. Und zugleich weißt du: Wenn du Schüsse hörst, waren sie nicht für dich bestimmt. Jemand verfolgt euch. Ihr braucht Überblick. Eine Leiter! Du kletterst hoch, setzt eine Hand, einen Fuß vor den anderen.

»Gib acht!«

Du wirfst eine Granate. Zur Sicherheit. Ihr heult den Mond an. Fußstapfen. Der Abstand zwischen zwei Gedanken wird enger. Vanessa wagt sich vor, du gibst ihr

Deckung an der Brücke. *Speichern.* An- und abschwellende Basstöne. Ruhe bewahren, gleich taucht der erste Zombie der Gruppe auf, du kennst ihn! Getrocknetes Blut, faulende Zähne, Löcher zwischen den gespreizten Fingern, Lebenspunktegier, deutlicher bei jedem Mal, das du den Level durchläufst. Noch wenige Meter, da ist er! Nachladen. Dauerfeuer an der Brückenfalle, der heikelsten Stelle. Du nimmst Anlauf, rennst hoch, drehst dich zur Seite und schießt, schießt, schießt, du ballerst alles raus, feuerst mit allem, was du hast, zurück, du fliegst durch den Kugelregen. Du hämmerst so schnell du kannst auf die Taste S. Und als ihr das andere Ende der Brücke erreicht, liegt ein Schlachtfeld vor euch.

Du stehst Vanessas Wolf gegenüber. Zwischen den Wölfen ist eine Barriere programmiert, nur mit Abstand kommt ihr zueinander, es ist unmöglich, euch hier zu berühren.

Ihr seht euch an.

Du bist erleichtert. Eure Körper stellen diese Bilder gemeinsam her, eure Finger tippen, eure Augen sehen, eure Nacken krampfen, eure Herzen pochen in jedem Raum, den ihr betretet.

Sie lässt dich nicht im Stich, du folgst ihr. Sie zeigt dir den Weg durch einen Gang. Ihr lauft durch versteckte Verbindungen von einem Raum in den nächsten. Unterirdische Tunnel, Kellerlabyrinthe. In Momenten der Verwirrung ist die Landschaft weit. Wie kann Vanessa diesen Wegen so selbstsicher folgen, ohne zu wissen, was vor ihr auftauchen wird? Du hältst Schritt. Nach rechts zwischen die Stahlrohre! Säuseln. Flüstern.

»Hier auf dem Dach wartet der letzte Kampf«, erklärt dir Vanessa, das habe sie im Internetforum gelesen.

Was passiert nach dem Ende, wenn das Ziel verschwunden ist?

Kreischendes Lachen. Knochengerüste mit Fleischresten, sie halten die Köpfe gesenkt. Die Wesen nehmen jede eurer Bewegungen auf, um den richtigen Moment abzupassen und über euch herzufallen. Und plötzlich rasen alle zugleich auf euch zu. Schuss, Treffer, Schuss, Treffer. Sie bäumen sich auf, quietschen, sie krümmen sich, fallen zur Seite, sinken eines nach dem anderen ein. Rote Farbe umhüllt ihre Köpfe. Am Ende des Falls, bevor sie auf dem Boden aufprallen, lösen sich ihre Körper auf. Ihr müsst nicht über Leichen steigen, sie verschwinden, das Spiel räumt sie automatisch weg. Von ihnen bleibt keine Spur, als wäre alles glatt gelaufen, als gäbe es kein Hindernis. Und der Letzte ist getroffen. Wenn etwas so gut bewacht ist wie dieses Hochhaus, muss es die Schwelle sein. Radar-Check. Hier gibt es keine Koordinaten. Das ist das Ende der Welt. Du fletschst die Zähne, schnaubst, ihr seid unbesiegbar, du könntest alles, was dir unterkommt, zerfetzen.

Deine Perspektive färbt sich rot. Warnung! Du zückst dein Survival-Messer, bist aus der Übung, lange hat dich kein Gegner mehr aus der Nähe überrascht. Du fuchtelst mit dem Messer, aber die Scheibe deines Visiers ist blutbespritzt. Die Umgebung rutscht in die Unschärfe. Du sinkst ein, stützt dich auf deine starken Heldenhände.

Du hörst Vanessas erstaunten Laut, sie reißt die Augen in deine Richtung. Nervös zischt ihre Aufmerksamkeit im Zickzack durch den Raum.

Die Sicht entfernt sich aus der Perspektive deines Wolfs. Diesmal ohne deinen Willen. Du siehst die Szene, die eben passiert ist, aus der Vogelperspektive. Das Bild verliert seine Farbe, schwarz-weiß zeigt es dir die unmittelbare Vergangenheit: Während du übers Hochhausdach stolzierst, hebt Vanessas Wolf sein Gewehr. Und schießt deinem Wolf in den Rücken. Er sinkt in sich zusammen, stöhnt. Du siehst, wie dein digitaler Körper in Zeitlupe auf den Boden kracht und zurückfedert, bevor er endgültig im Blut liegen bleibt. Du schaust deinem Helden beim Sterben zu. Du siehst, wie der kleine, graue Geist, der deine Heldenseele darstellt, aus dem Toten schlüpft, langsam nach oben fliegt, aus dem sichtbaren Bereich verschwindet und in den Zustand eines alten, gespeicherten Körpers zurückfällt, viel weiter hinten in Zeit und Raum. Dein Held ist ein Geist, der deinen Wünschen davonschwebt.

Ein Blick auf Vanessas Bildschirm: Ihr Wolf steigt durch ein Loch in der unsichtbaren Wand. Die Figur zittert, die Darstellung des Körpers löst sich auf.

Gräben reißen, Gebirge brechen, Steine krachen, spalten sich. Der riesig tiefe Abstand zwischen dir und ihr.

»Warum?«, kreischst du.

Die Luft zwischen euch verhärtet. Wenn du gegen diese Mauer rufst, prallen die Worte ab. Dein eigenes Echo antwortet dir, helles Klingen, die Wand wirft es zurück.

Du schaust Vanessa an. Es ist nichts Zärtliches mehr in ihrem Blick.

Ein Klumpen drückt auf die Luftröhre. Du versuchst, in den Bauch zu atmen, aber der Atem steckt. Du atmest in den Rücken, die Dehnung schmerzt, die Lungen wie gelähmt im Rippenkäfig. Dein Kiefer klemmt, die Zunge presst sich an den Gaumen. Die Muskeln angespannt, die Knochen fixiert, suchst du Sicherheit im Raum. Die Haut hält alles zusammen. Du fühlst deinen Puls und Schweiß an den Linien deiner Narben.

Vanessa bewegt sich nicht: »Edin, ich will so nicht mehr weitermachen, ich schaff' das nicht. Du ziehst dich zurück, ich weiß überhaupt nicht, was mit dir los ist.«

Mit deiner freien Hand bohrst du den Fingernagel in die Innenseite deines Fingers.

»Nein«, sagst du leise.

Doch eine *Löschen*-Taste gibt es im echten Leben nicht.

Autolichter durchbrechen die Schwärze des Raums. Du suchst die Wand ab. Als du den Lichtschalter drückst, bleibt es trotzdem dunkel. Du tastest weiter die finsteren Umrisse eurer Wohnung entlang. Du probierst den Bad- und den Küchenzeilenschalter. Nichts. In einer Küchenlade greifst du nach einer Kerze, die du mit dem Gasherdanzünder zum Brennen bringst. Dein Schatten an der Wand flackert vom Kerzenlicht. Du schaust dich um, du bist allein. Klopfen an der Innenseite der Badezimmertür. Du öffnest. Es ist Vanessa, als dunkle Gestalt mit versteinertem Gesicht und angriffslustigen Augen. Ihr seht euch an. Plötzlich drückt sie dir die Tür vor der Nase wieder zu. Du bist schnell genug und stellst deinen Fuß in den Spalt. Dein Fuß wird zerdrückt. Du schreist, stemmst dich gegen die Tür und versuchst dich zu befreien, aber Vanessa stemmt sich fest von innen dagegen.

Blitzartig lässt sie die Tür los und du fällst ins Badezimmer. Vanessa hält ein Gemüsemesser. Als du fällst, rammt sie dir die Klinge in den Bauch. Du liegst auf dem Boden, sie drückt ihre Daumen in dein Gesicht und zerreißt es, entschlossen, als würde sie meinen, dich nicht zu verletzen, sondern dich zu heilen. Du spürst, wie unter der Haut die Schädelknochen hervortreten. Du verlierst dein Gesicht.

In einer Drehbewegung stößt du mit der Schulter an die Wand und schlägst die Augen auf. Halbschlaf, noch im Grundriss deines Traums, mit einem Bein im Bett, mit dem anderen im All hast du für einen Moment die Orientierung verloren. Es ist, als würde sich ein Notprogramm einschalten. Besondere Konzentration wird hochgefahren. Du katapultierst dich sofort ins Jetzt und Hier und bist sekundenschnell überzeugt, dass du alles im Griff hast. Eben warst du an zwei Orten zugleich.

Nachts zwischen drei und vier reißt es dich erneut aus dem Schlaf, du starrst, aber du siehst nichts, alle Kraft steckt im Lauschen. Dieses Dröhnen, ein entfernter Zug im Tunnel, ein Grollen, füllt alles um dich aus, löscht die anderen Frequenzen. Vanessa hört nichts durch ihre Ohropax.

Dein Herz rast. Es schlägt wild zwischen den Rippen, du kannst es den Körper entlang spüren, es sitzt überall, tief in dir drinnen. Lautes Stöhnen entkommt dir, ein wuchtiges, verzweifeltes Geräusch. Dein Körper zuckt, um die Träume loszuwerden. Es ist, als hättest du ein zweites Leben, das vom ersten nichts weiß.

Das Dröhnen nimmt ab und zieht vorüber. Du schiebst die Hand in Vanessas Richtung. Sie zieht die Knie zum Bauch. Um dich das Leintuch und eine verschwitzte Nacht.

Du kletterst aus dem Bett, bewegst die Maus, der Desktop leuchtet. Aufs Modem presst du den Polster, er dämpft die Verbindungslaute.

Du starrst auf den Bildschirm.

Und du suchst, wonach du dich niemals getraut hast zu suchen, findest Netzbilder, gering aufgelöst, hochgeladen von *Anonym*.

Nachtsichtgeräte zeigen die schwarze Nacht und grün leuchtende Bomben im Himmel, die weit entfernte Skyline einer verschwommenen Stadt, Explosionen niedriger Gebäude.

Ein Bild in einem Forum: Ein junger Mann versucht in einer engen Gasse Mauerschutt zur Seite zu räumen, riesige, schwere Brocken wuchtet er mit seinen bloßen Händen weg, Fotounschärfe durch seine Bewegung. Neben ihm ist ein Fenstergitter verbeult, als hätte jemand gegen einen Maschendrahtzaun getreten, doch weil es aus Eisen ist, ist es viel eher, als wäre etwas in der Nähe mit enormer Wucht in die Luft geflogen. Auf dem Boden liegt eine zerdrückte Coladose, so wie die, aus der du zu Mittag getrunken hast. Der Mann hat müde Augen, er hält sie offen, doch es wirkt, als könne er nicht mehr weit sehen. Sein Gesichtsausdruck ist verzweifelt. Er formt seine Hände zu Schaufeln. Die Zukunft schließt sich vor ihm.

Warten. Das Abwarten des nächsten Problems, das Warten auf erhoffte Ausgänge, ungewisse Ergebnisse, das

Abwarten des nächsten Angriffs, das Warten auf das, was kommt, auf den Anruf, dass alles gut ist.

Und du weißt nun, wonach du suchst. Du springst zwischen verschiedenen Seiten und Bildergalerien, suchst nach bekannten Menschen, Straßen, Plätzen, aber erkennst nichts. Dort, wo keine Bilder sind und waren, wachsen Phantome. Sie drücken ihre breiten Klauen um deinen Hals. Sie selbst sind ungreifbar wie die Erinnerung an Gesichter von Verstorbenen.

Du schaust auf in die Fensterscheibe. Sie spiegelt dich vor dem Schwarz der Nacht.

Du schaust zurück auf den Bildschirm: eine Tiefseeszene. Vor einem dunklen Hintergrund schwimmen animierte Fische vorbei, ein Clownsfisch, ein Rochen. Aus der Anemone steigen ein Seepferdchen und Luftbläschen auf. Wenn du schreist, wird dich hier niemand hören, du bist auf dem digitalen Meeresgrund, dein Gesicht in den Tiefen des Computerbildschirms vergraben.

Und du hebst die Hände vor deine Augen und willst sie drehen, Handfläche, Handrücken, immer weiter. Aber da ist nichts. Du hast keine Hände. Was bringt es zu wissen, dass du im Traum bist, wenn du doch nicht daraus auftauchen kannst?

Atemhaut
Track C

X

Im Lift. Aluminiumwände. Abwärts.

Der Beton glänzt. Die Geschwindigkeit lauert bereits in allen Winkeln. Die Laternen teilen die Straße in bestrahlte Etappen, du huschst von Schatten zu Schatten. Der Mond leuchtet beinahe in Neon. Rinnsal zwischen den Pflastersteinen, die Stadt riecht lebendig, es hat zu nieseln aufgehört. Eine Frau führt ihren Hund an der Leine, vom Rücken ihrer Jacke grinst ein Totenkopf. Im Vorübergehen berührt das dampfende Hundefell deine Beine. Eine Lücke klafft in der Häuserfront. Ein Abbruchbagger ruht im Schutt eines zerschlagenen Gebäudes, an den Fliesen an der Mauer ist noch ein zerstörtes Badezimmer zu erkennen und der Abdruck eines Wandschranks.

Plötzlich stockst du, es ist, als wenn über die Zeit verhärteter Kalk um deine Erinnerungen aufbricht, sie schnellen aus ihren Verstecken, sie überwältigen dich. Ereignisse, bisher ohne Zugriff, siehst du in kurzen klaren Momenten, in riesengroßen Details.

»Wir sehen uns bald wieder«, haben die Großeltern beim letzten Telefonat gesagt.

Eine Bombe trifft ihr Haus.

»Wieso sind sie geblieben? Wieso kamen sie nicht mit uns mit?«, traust du dich nicht zu fragen.

Deine Eltern reisen zur Beerdigung und bringen in einem Marmeladenglas Mauersplitter des Hauses deiner Großeltern mit. Du begreifst erst langsam, dass du sie nie wiedersehen wirst.

Ihr seht den Krieg im Fernsehen. Der Moderator kommentiert in freundlichem Ton, die Moderatorin verkündet menschliche Verluste, der Experte spricht in Schockstarre von einem Ausweg, die Augenzeugin erklärt verwirrt, was sie erlebt hat. Werbeclips nach Aufnahmen von Gräbern, Panzern, Politikern.

»Niemand berichtet von meinen Großeltern«, denkst du, »wie kann das sein?«

In weit entfernte Geschehnisse verwickelt, sind dir die Hände gebunden. Die Zeit ist ein Gebüsch, dessen Wurzeln ins Dunkle wachsen.

Die Zeiger der öffentlichen Uhr stecken, niemand wechselt die Batterien. Du meinst, du solltest geradeaus gehen, beim Bankgebäude links einbiegen, über die Brücke, beim Hochhaus rechts, aber torkelst zwischen den Ankerpunkten umher. Hier die U-Bahn-Station, dort der Park, die Verbindung dazwischen ist wie ausgelöscht. Häuserfassaden, unbekannte Winkel, ein Schlagloch, die Straßennamen scheinen vertauscht. Eine Autosirene.

An den Rändern der Stadt um euer Zuhause hörst du eindringlich heulende Töne, weil in letzter Zeit oft in Autos eingebrochen wird. Erwachsene stecken Klappmesser ein, wenn sie nach draußen gehen. An einem diesigen Morgen steigt ihr ins Auto mit viel Gepäck. Die ganze Fahrt über umklammert dich deine Mutter an den Schultern und wenn es rumpelt, drückt sie noch fester zu, als könne sie dich damit vor dem Rumpeln beschützen. Erschöpfende Stunden auf Autobahnen, an Grenzen, bei Kofferraumkontrollen. Ein Taschenventilator bläst euch Luft ins Gesicht, bis ihr ankommt. Du spürst, ab jetzt ist alles anders.

Du versuchst, dich zu vergewissern, dass du dich auf dich verlassen kannst, aber deine rote Linie, dein Weg verläuft in Schleifen. Tiefe Schluchten treiben dich weiter. Wie wären deine Wege verlaufen, hättest du andere Abzweigungen eingeschlagen, hättest du dich anders entschieden, wäre anders für dich entschieden worden? Welche Optionen hätte es gegeben, wie hättest du aus ihnen gewählt? Wo wärst du jetzt? Wen hättest du im Spiegel vor dir?

Versionen deines Ichs warten auf nicht gegangenen Wegen. Auf allen Straßen, an den Kreuzungen rufen sie durcheinander.

Die Schaufenster spiegeln die Stadt verzerrt. Du umklammerst den Ärmel deiner Jacke, stellst dir vor, jemand würde deine Hand halten und dich aus diesem Labyrinth in Sicherheit führen. Da erkennst du plötzlich einen der Gehsteig-Bäume. Plakate und Werbungen kleben an seiner Rinde. Erste herbstliche Blätter schillern hoch oben im Wind. Mit dem Baum als Zentrum verbindet sich die Umgebung um dich herum. Du weißt wieder, wo du bist.

An der Tankstelle wählst du eine Flasche Schnaps. Die Münzen fallen in die ölige Handfläche des Mechanikers, der auch verkauft, du gibst einen Schilling Trinkgeld. Du ziehst den Korkstöpsel aus der Flasche.

Eine Wespe stößt sich wieder und wieder an der Glastür, hinter der die Halogenlampe brennt. Du hörst die Klimaanlage, das Fauchen und Rasseln ihres Gebläses, sie keucht in der Stille dieses frühen Morgens. Du lässt dich auf dem Randstein nieder, legst die Lippen an die Öffnung der Flasche, der Schnaps ist scharf, du fühlst den leichten Schmerz den Rachen hinabbrennen. Du stellst dir vor, abzuheben und als Heliumballon durch die Luft zu gleiten, zielstrebig zum Himmel hinauf, bis zum Ende der Atmosphäre, bis zum Platzen hoch in die Morgendämmerung. Alle Wirrungen verdunsten, du bist leicht, dein Kopf ist leer. Und du wünschst dir, dass jemand die Leine deines Ballons einholt und dich in den Arm nimmt.

Es ist still, wo tagsüber viele Lieferwägen tanken und Räder klackern, sogar die Waschstraße ruht. Jemand leert den Müll aus, Glas zerspringt. Autoreifen drücken sich gegen Pflastersteine. Aus einem der Wohnungsfenster tönen einzelne E-Bass-Saiten. Wenn die Echos ausgelaufen sind, beginnt eine neue Saite zu klingen und hallt zwischen den Gemäuern. Leichter Regen.

Ein Mann schlurft heran und hält die Hand auf: »Hast du ein paar Schilling?«, fragt er mit riesigen Augen, ganz braun.

Du schaust auf.

Er entschuldigt sich beinahe für diese Frage mit seinem Blick. Er wischt sich die Hand an der Hose ab, bevor er sie dir zum Gruß hinstreckt. Du drückst sie. Er nimmt neben dir auf dem Randstein Platz, rückt heran, wartet deine Reaktion ab. Er neigt sich in deine Richtung. Du spürst seine Wärme. Eure Oberarme berühren sich, er rutscht noch näher und dir ist, als würdet ihr beide das Gewicht gegen das des anderen sacken lassen, als hieltet ihr euch für ein paar Momente gegenseitig aufrecht. Über euch ein Himmel, aus dem jedes Schicksal fallen kann. Deine Füße spüren die Regennässe in den Schuhen.

Du nickst dem Fremden zu, raffst dich auf. Ihr löst euch voneinander. Der Mann kippt ein Stück in deine Richtung. Er brummt resigniert. Du legst deine letzte Münze auf den leeren Platz neben ihm.

In breitbeinigem Gang, als würdest du eines der großen Pakete über den gesamten Rücken gelegt tragen, marschierst du wieder nach Hause. Jeder Schritt ist das Auffangen eines Fallens. Du verlagerst das Gewicht von einem auf den anderen Fuß, auf der Suche nach Gleichgewicht, nach deiner Position in der Welt.

Das Haustor kracht ins Schloss. Einzelne Fliesen liegen lose im Boden und kippen, als du darauftrittst. Musik dröhnt durch den Flur, das Ende einer Party. Du hörst Stimmen grölen, auflachen, Bässe vibrieren durch die Ziegel, sanftes Zittern breitet sich auch über deine Organe aus.

Du senkst den Kopf und siehst, dass unter den Briefkästen die Sperrholzkiste mit deinem Adressaufkleber und verschiedenen Barcodes wartet. Es hat geklappt, sie wurde verschickt.

Du öffnest den Briefkasten, brauchst keinen Schlüssel, das Schloss ist sowieso kaputt: Ein Brief an dich ist angekommen, einer der offiziellen, mit Adressensichtfenster. Du nimmst den Brief heraus und sammelst dich für einen Moment, vielleicht ist es die Zusage zu einer Umschulung. Du bohrst den Finger ins Kuvertpapier, ritzt die Klebestelle auf. Der Zettel im Umschlag reißt an der Faltstelle mit ein. Du faltest ihn auf: Es ist nur die Stromrechnung, die du gleich wieder zwischen die Werbeprospekte zurückwirfst.

Du hebst die Postkiste, siehst deine Füße darunter nicht mehr, sie legen an Tempo zu. In mechanischen Bewegungen schieben deine Beine den Körper voran. In der Kiste wackeln mit jedem deiner Schritte viele kleine Teile.

Die Lifttür glänzt metallisch. Die Kabinentür schließt sich. Die Spiegel an den Liftwänden zeigen dich in die Unendlichkeit reflektiert. Immer wenn du dich zu einem der Spiegel wendest, scheint es, als ob da noch viele andere hinter dir wären. Du erahnst sie nur, wenn du dich umdrehst, haben sich die Formen bereits verwandelt, die Umrisse rinnen ineinander. Auf der Anzeige springt das Licht von einer Stockwerknummer zur nächsten. Du spürst die Aufwärtsbewegung im Magen. Du schwebst an Stahlfäden im Schacht. Der Lift wird enger. Deine Lungen saugen ein, was sie können. Sekunde um Sekunde. Und endlich, die Lifttür öffnet sich.

Der Gang verströmt Kühle. Du schaltest das Ganglicht nicht ein und tappst im Finstern zur Wohnung, vorbei an Schirmen und Kinderwägen. Du bist müde. Die Schlüsselbärte in deiner Hand kratzen. Du sperrst auf, drückst die Tür wieder lautlos ins Schloss, eine Hand hältst du gegen den Rahmen, als könntest du die Tür und den Türrahmen gegeneinander bewegen und so unhörbar den Außenraum vom Innenraum trennen.

Du ziehst die Jacke aus und hängst sie über den Stuhl. Du löst die Schuhbänder. Vanessa ist bereits weg. Stille legt sich um dich, als ob nie Töne in der Welt gewesen wären.

Du räumst den Boden frei, reihst deine Werkzeuge auf. Du beweist dir, dass du handeln kannst. Die Stanleymesserklinge rattert aus dem Gehäuse und schneidet in den Latexpolster. Du zerteilst ihn in der Mitte und schlitzt die Hälften nochmals auf. Ans Ventil eines aufblasbaren Plastikkissens schließt du einen Schlauch. Du klemmst es zwischen die Schichten der Latexhülle, stichst mit dem Messer ein Loch in den Latex und ziehst den Schlauch hindurch.

Ein Handgriff klappt in den nächsten. Du schließt den Schlauch, der aus dem Kissen führt, an einen Luftschlauchverteiler. An der anderen Seite des Verteilers stecken die Luftschläuche der beiden Pumpen.

Du leerst die Postkiste aus, wahrscheinlich die Bestellung eines Elektrohändlers, viele kleine Transistoren fallen heraus. Du verwendest einen.

Du hackst vier Löcher an zwei Seiten der Kiste in das dünne Holz und führst die Luftschläuche durch. In die Kiste hebst du die beiden orangen Luftmatratzenpumpen. Eine ist auf Gebläse, die andere auf Luftsaugen eingestellt. Durch die Löcher in der Kistenhinterseite fädelst du die Stromkabel. Du stopfst das Papier des Bewerbungsschreiben-Stapels um die Geräte und dämmst damit den Schall. Mit geschlossenem Kistendeckel bleibt vom Dröhnen der Pumpenmotoren nur noch ein Summen. Über Stromkabel werden die Pumpen jeweils durch eine der beiden Zeitschaltuhren, die direkt an der Stromverteilerleiste hängen, mit Energie gespeist. Von den Zeitschaltuhren führen zwei Verbindungen zum Computer. Er steuert sie mittels eines simplen, selbstgetippten Programms, dessen Anleitung du aus dem Internet hast. Das Programm koordiniert über Parallel-Port, Transistor und Relais die Stromzufuhren, schaltet die eine Pumpe ein, während es die andere Pumpe abdreht. Du startest das Programm und betätigst den Schalter der Stromleiste, der die Maschine in Bewegung setzt. Die rote Lampe leuchtet.

Und das Kissen erwacht, beginnt zu atmen, die Luft strömt ein und aus. Eine Pumpe arbeitet für fünf Sekunden, füllt das Kissen mit Luft. Nach fünf Sekunden schaltet sie sich aus und die andere Pumpe, die die Luft aussaugt, springt an. Der Ballon im Inneren hebt und senkt sich. Du berührst die Maschine. Die Atemhaut. Sie bewegt sich auf und ab und mit ihr deine Hand. Dein eigener Atem beruhigt sich, dein Pulsschlag wird langsamer. Du rückst an die Atemhaut, sie hat die Form eines menschlichen Oberkörpers. Gemeinsam atmet ihr. Du schließt die Augen, legst dich hin, lehnst dich an sie, umarmst sie fest, ihr atmet im selben Tempo. Eure Atmung synchronisiert sich. Die Polster spiegeln deine eigene Wärme zurück. Dein Körper hat endlich den Platz gefunden, um sein Gewicht abzugeben und leicht zu sein. Du fühlst dich wohl. Die Atemhaut ist freundlich. Du hast keine Angst vor ihr, lehnst dich an sie, regulierst deinen Herzschlag. Es ist, als könntest du dich vergessen, als könntest du ihr alles anvertrauen. Als würde sie verstehen, was in deinem Kopf Schleifen zieht, was sich in deinen Körper auffaltet, was dich bewegt. Gleichmäßigkeit, Rhythmus, auf sie ist Verlass, wann immer du sie brauchen wirst. Du hast die Maschine unter Kontrolle. Die Atemhaut urteilt nicht, sie gibt keine Tipps, sie gibt nicht vor, etwas bereits zu wissen, etwas besser zu verstehen, sie weist dich nicht zurück. Du krümmst dich innig die atmende Form entlang, konzentrierst dich auf dieses Zentrum, wenn du denkst, alles löst sich auf. Und du weiß, es ist möglich, wieder einen neuen Ort zu finden, wo dein Ich sich bündeln kann.

Du atmest tief ein und lang aus, bis in die Lungenspitzen, bis unter die Schlüsselbeine, bis in die Nieren, den unteren Rücken, die Zwerchfellbewegung fließt. Der Brustkorb weitet sich nach vorn und rückwärts, der Rippenabstand vergrößert sich, du fühlst den Atem sogar im Hals. Die Luft strömt durch deine Haut herein. Kiemen bis in die Fingerspitzen, bis zu den Zehen. Du legst deine Hände auf den Bauch, bist ein Ballon, der sich aufbläst, bist eine Qualle, die sich zusammenzieht, und du weitest dich vorsichtig. Dein Herz klopft im ganzen Körper, in den Händen, in den Ohren, in jeder Ader, jedem Tentakel, Wellenschlag an der Haut. Die Qualle legt sich über dich, zieht dich hinab ins bodenlose Wasser. Dein Herzschlag ist dunkelblau. Es gibt Tage, es gibt Nächte, du zählst sie nicht. In der Dämmerung verschwimmen die Konturen. Weil du nicht klar siehst, gibt es diesen endlos zufälligen Raum und so viel wird möglich. Du lässt dich hineinfallen, um zu merken, was da ist, vielleicht ist da auch nichts außer das Echo, das dich vermuten lässt, dass es doch irgendwo Wände gibt. Weder die Wände noch die Weite schüchtern dich ein.

Du öffnest die Augen.

Dein Blick streift jeden Millimeter der Wohnung. Gegenstände umstellen dich, hängen geblieben aus einer anderen Gegenwart. Selten war es so leise im Hof, keine Musikspuren aus Fenstern, keine Klimaanlagen oder Kaffeemaschinen, auf der Straße schweigen die Baustellen, weißes Rauschen aus der Kiste. Die Wand vor dir ist von Spuren dicken Farbauftrags, von Splitterstellen, von Leimspuren heruntergezogener Klebestreifen gezeichnet.

Was ist das? Wie kann es sein, dass du die Öffnung in der Mauer bisher nicht bemerkt hast? Du löst dich von der Atemhaut, raffst dich auf und steigst durch das Loch in der Mauer. Du passt genau durch. Du gelangst in einen weiteren Raum, ein Zimmer, genauso geformt wie deines und doch ganz anders.

Der Wäscheständer, die Lampen, die Kabel sind an ihren Plätzen. Im Geschirr, den CD-Stapeln, den Essensvorräten erkenne ich meine Routinen und Abläufe, mein eigenes Leben, das mit dem Raum verschmolzen ist. Ich erinnere mich, was ich mit den Kleidungsstücken im Klamottenberg erlebt habe, welche Teile meines Lebens diese Hüllen gehalten haben. Die Stoffe zogen sich im Laufe der Zeit zusammen, wurden kurz, eng, ausgeleiert, die Aufdrucke verblassten und manchmal blätterten sie ab, alte Schlangenhäute oder Schmetterlingspuppen, aus denen ich herausgekrochen bin. Mit zum Trocknen aufgehängter Wäsche klingt das Zimmer weicher. Ich bewege mich nicht, es gibt nichts zu tun. Das eigene Territorium, dessen Eingang ich jahrelang nicht gefunden habe, dehnt sich nun um mich. Das ist mein Zuhause.

Das Holz unter Vanessa knarrt nicht. Der Windzug zwischen der offenen Wohnungstür und den Ritzen der Fenster lässt mich aufschrecken. Im trüben Licht erkenne ich sie nur schemenhaft. Sie trägt einen neuen Hosenanzug, in der Hand hält sie eine Tüte vom Bäcker.

Ich starre sie an. Wie lange sie dort schon steht?

Sie weicht ein wenig zurück.

»Was machst du?«, flüstert sie.

Ich sehe ihre Wörter als Töne vor mir tanzen, wie Notenköpfe mit Notenhälsen, sie umkreisen mich, aber betreffen mich nicht, einzelne Klänge, die Melodie kann ich noch nicht zusammensetzen. Ich weiß, es muss seltsam aussehen: ich auf dem Boden, mit der gebastelten Maschine.

Vanessa fasst mich an der Schulter, sie umarmt mich, ihr Atem an meinem Nacken. Beinahe wieder vertraut, kann ich ihre Zuneigung annehmen. Ihre Hand streicht durch mein Haar. Das Ohr stoppt die Bewegung.

Ich ziehe am Kabel der Atemhaut. Die Maschine wird stumm, sie sinkt wieder zu einer Ansammlung von Einzelteilen ohne Energie in sich ein, schrumpft zur bloßen Möglichkeit, wieder Körper zu werden, zusammen.

»Du bist schon da?«, frage ich Vanessa.

»Ich hab' doch heute keine Schicht. Heute waren die ersten Mitarbeitergespräche, die ich jetzt mit allen führe.«

Vanessas Blick wandert über mich und alles, was mich umgibt, sie weitet fragend die Augen, als wolle sie jede Erklärung hereinlassen, als nehme sie jede Antwort an.

Aufregungslava.

Vanessa sitzt im Schneidersitz auf der Matratze. Ich lehne am Fensterbrett. Wir schweigen.

Sie öffnet die Plastikhülle der Zigarettenschachtel. Die Folie raschelt in ihrer Faust. Sie zieht eine Zigarette aus dem Paket und presst sie mit der Filterseite nach unten und der Tabaköffnung nach oben zwischen die neunzehn anderen zurück. Sie nimmt zwei Zigaretten heraus und gibt mir eine. Die Flamme schießt aus dem Gasanzünder. Ich höre das Knistern des Papiers.

Meine Knochen sind eingerastet, sie liegen stabil ineinander. Ich spüre einen zusätzlichen Herzschlag, aus dem Takt. Mit ihm schreite ich erhobenen Hauptes durch die Welten, ich kenne nicht nur eine, nein, ich kenne viele zugleich. Ich puste den Rauch aus, räuspere mich.

»Vanessa.«

Ich erschrecke vor meiner eigenen Lautstärke, meine Stimme wohnt in mir, ich weiß, dass ich in meinem Körper bin, mich ihn zu nutzen getraue, den Kopf, den Hals, bis zur Brust, dass ich auf den ganzen Rumpf Zugriff habe, gar bis ans Ende der Arme und Beine. Meine Körperteile sind nicht bloß Werkzeuge, sie sind angeschlossen an das große System. Meine Stimme ist tiefer. Wenn mich jemand hört, dann gibt es mich. Und mit einem Mal löst sich etwas in mir, ich atme tief und zum ersten Mal spüre ich, dass mein Brustkorb weit genug ist. Ich atme nach allen Seiten, auf mich allein gestellt.

Endlich blicken Vanessa und ich uns direkt in die Augen, unsere Blicke halten sich aneinander fest. Vanessa hebt eine Augenbraue, spannt einen Muskel neben der Nase an, der die Lippe mithochzieht. Es ist ein Lächeln, das der Anspannung einen Weg nach außen gibt. Auch mein Mundwinkel zieht sich wie von selbst hoch.

Ich strecke meine Arme nach ihr aus und drehe die offenen Handflächen zu ihr.

Die Arbeit an diesem Roman wurde gefördert von: Bundesministerium für Kunst, Kultur, öffentlichen Dienst und Sport; Stadt Wien Kultur; Abteilung Kunst und Kultur des Amtes der Niederösterreichischen Landesregierung; Literarisches Colloquium Berlin; Franz-Edelmaier-Residenz für Literatur und Menschenrechte Meran & Österreichische Gesellschaft für Literatur.

Die Autorin dankt herzlich Irmgard Fuchs, Marilies Jagsch, Svenja Plaas & Tanja Raich.

www.kremayr-scheriau.at

ISBN 978-3-218-01279-9

Schutzumschlaggestaltung: Christine Fischer
Unter Verwendung der Grafiken von shutterstock.com:
761094940 und 1632748039
Lektorat: Marilies Jagsch
Satz und typografische Gestaltung: Ekke Wolf, typic.at
Druck und Bindung: Finidr, s.r.o., Czech Republic

Gedruckt mit freundlicher Unterstützung durch die Kulturabteilung
der Stadt Wien.

Stadt Wien